# 月影溪谷飯店

目次

月影

# 1 日落後的十五分鐘

灰藍色的大圳延伸到交流道處，日落後群山的輪廓向我無限貼近，在這寶藍與深橘凝結的晚空下，一間旅社燈火幽幽亮起。

我從小就被這樣的風景感動，有某種奇妙的魔力，讓我心情輕快而安穩。長大後仔細思考，我覺得這並不全然源自那些自然風景的美感，更重要的是，其中如星點般的人類痕跡。這樣講也許有些自私，甚至可能會被一些愛護生態的人士批評，但我確實感覺河床邊的整齊街燈、近海作業船隻的燈火、從雜木林頂探出頭的便利商店招牌有種古怪的美感。比起站在炎熱的沙灘上，我更喜歡坐在冷氣房裡看海。

十一歲前，我們一家住在重劃區邊陲的一棟社區大樓中，從我和妹妹的房間望去可以看見許多尚未開發的建地、一條灌溉溝渠、車流稀疏的快速道路、遠方的群山。快速道路的交流道下來有一間加油站還有一間汽車旅館，「月之河」Motel。

妹妹小我三歲，我們生日只差一天，妹妹是七月的最後一日，身為姊姊的我是在八月的第一天。所以從小我們的生日都是一起慶祝的，通常看這兩天哪個是在週末。日期不一定，但慶祝地點有好幾年都是在月之河。

第一次跟父母說想在那慶生時，他們露出了詫異的表情，說那地方不是小朋友該去的，但在我跟妹妹哀求之下還是答應了。

我們騎了兩台機車過去，沿著大圳邊騎。初晚的街燈亮起，我看見妹小小的臉上有著期待的微笑，幾隻飛蟲被車燈吸引，飛進眼睛，我揉了揉，霞光與城市的燈光被我揉成萬花筒般的迷濛幻彩。

汽車旅館還不賴，有很大的電視可以唱歌，很大的池子可以全家一起泡澡，也有泡麵跟餅乾。比較難受的是菸味，但小時候我跟妹妹都以為那是前一組小朋友慶生的蠟燭味，所以也沒抱怨過。

房間裡有一道雙門的暗道，房務人員會打開靠近行政區的那扇，站在中間的小空間裡敲敲我們這邊的門，待我們開鎖後捧著生日蛋糕送進房裡。房務是一位很瘦很瘦的阿姨，總是穿著深藍色的夾克和黑色窄裙，一頭褐色的頭髮整齊束起，一對弦月造型的銀色耳環閃耀映射著生日蠟燭的火光。

當時，我跟妹妹都覺得這位阿姨是世界上最漂亮的人。後來當聽見她打開行政區的那道門，尚未敲響我們這側的時候我們就會搶先開門。

「又長高了。」每年她看見我們都說著一樣的話，笑著露出迷人的魚尾紋。她會把蛋糕放在一旁的小木桌上，靈巧地脫下高跟鞋，然後才捧著蛋糕進到房裡。

我們很喜歡那道雙門之間的幽閭空間，每次玩躲貓貓，我都會躲在這。我們喜歡從門縫下窺視另一側人們的鞋底，偷聽對面人們模糊的對話。

「你長大想要當什麼？」妹妹曾在那個空間裡問我。

我思考了一下，想到幾個作文會拿高分的職業，最後還是搖搖頭，說不知道。

「佩佩呢？」我問妹妹。

「我想要跟那個漂亮阿姨一樣當大旅館的老闆。」妹妹傻呼呼地說。

「白癡喔，她又不是老闆。」

「姊你說髒話。」

最後一次跟漂亮阿姨見面時她沒戴耳環。她捧著蛋糕進到房裡，然後從口袋中拿出兩條項鍊，放在我們姊妹的手中，「上弦月與下弦月。」她說。那一次我們姊妹跟阿姨一起拍照，阿姨在中間搭著我倆的肩，美麗地笑著。

照片後面寫著：「二〇〇五年慶生，佩佩八歲，靜瑜十一歲，與月之河員工合影。」

那年年底，父母離婚，我繼續跟著爸爸住在重劃區的社區大樓中，妹妹則跟著母親離開。我還記得從窗子看著佩佩跟媽媽離開的背影，看著計程車沿著大圳漸遠，我知道佩佩一定也在回望著我。

遠方的群山消失在過曝的霧霾之中。

我感覺從那刻起，我身體裡某個重要的東西被狠狠撕成兩半，其中一半永遠地消失了。

那消失的一半，我一直以爲就是佩佩，十幾年後才發現遠遠不止。往後很長一段時間，我都會夢到自己被困在月之河的雙門暗道空間中，兩側被上鎖，怎麼呼喊都無人理會，那樣的無力感深深地刺痛著我。

我拉起了房間的窗簾，不願再看見那群山、大圳、旅店。後來那些建地慢慢被填滿，更高的樓房遮蔽了視野。大圳地下化，上方規劃成了綠廊，高速鐵路沿著山腳劃了一道弧線。童年那樣的景致成為絕響，群山、大圳、旅店構成的畫面消失了，往後不斷追尋也找不回那樣的感受。

直到我遇見了「月影溪谷飯店」，那被封存、結晶般的回憶才悄悄鬆動。

我近乎是迫不及待要逃離老家那塊重劃區，國中就開始認眞讀書，偏執般地拚命，幾乎沒有朋友，個性也變得非常內向。這麼努力就是想要考進市區的第一志願，住進宿舍裡。每當自己鬆懈，那缺少的另一半就會無限膨脹，像是黑洞一般要將我吞噬。我常常會想起佩佩，想起她離開那天，在車子後座，那小小的背影。

我就讀的是位於市區的第一女高，然而，那樣空虛感依然沒有隨著新的校園生活展開而消逝，反而有擴張的趨勢。我總在夜裡嚇得自己滿身大汗，常常需要半夜起身咳嗽，一咳就是十來分鐘。也是那時我才明白「失去」這種情感所占用的空間竟是如此巨大。

由於這樣的騷動時常干擾到室友們的作息，舍監後來安排我去和一位聽障生同住。從高一的下學年直到高三畢業我都住在舊校舍一樓的邊間，從窗戶望出去是校職員的腳踏車棚，沿著牆邊種著一整排的雨豆樹，透過羽葉的縫隙可以看見一塊「東芝電器」的招牌在對面大樓樓頂。我喜歡睡覺時將窗簾半開，讓招牌那人工的光線穿過葉隙，照在眼皮上。住進這裡，我半夜咳嗽的狀況得到改善，惡夢也沒那麼多了。

那是一段光亮的日子，我和聽障生室友 Seliyap 度過了一段快樂的時光。Seliyap 是原民生，我不太確定她來自哪一族，家鄉在哪，只知道 Seliyap 是晚霞的意思。她會在睡前撥開柔軟烏黑的髮絲，露出耳朵與精緻的側臉，然後非常緩慢地摘下輔聽器，我覺得這個睡前儀式非常的美，彷彿是某種古老複雜的舞蹈。

我跟 Seliyap 讀的是不同的學校，她因爲有原民與身障的雙重身分，所以到處找尋符合規定的宿舍，以便能幾乎免費住宿，幾番波折後來才找到了這裡。我們學校的宿舍除了供本校生住宿，也有部分的特殊生宿舍，提供給同學區內的學生使用。

每天早上我都會陪著 Seliyap 穿過腳踏車棚，打開側牆的小鐵門，到公車站牌等車，待她上車後再自己走去學校。這一段路不長，但很少學生會走這裡上課，主要是因爲小鐵門長期上鎖，也是因爲Seliyap平時通勤的公車站牌在此，學校才特別給我們鐵門的鑰匙。

而我第一次無力症嚴重發作就在這樣的時刻、這段路上發生的。

那天跟往常一樣，牽著Seliyap的手去搭公車，然後返回小鐵門，準備去上學。但就在穿越腳踏車棚的時候，突然雙腳一軟，跌坐在地。那感覺很古怪，就像是有人偷偷將堅硬的地板置換成泥沼，腳就以極不自然的姿勢跪了下去。我本來以爲是自己還沒吃早餐，太餓因而無力，但試著站起時又發現手也痲痲的，使不上力，整個人像是一尊剪了絲線的人偶癱在地上。我頓時理解這應該是比沒吃早餐還更嚴重的狀態。

我試圖大喊求救，喉部肌肉卻不聽使喚，僅能發出極爲微小的聲音，十幾分鐘後還是沒人來。

我冷靜下來思考，想著要多久才會有人察覺我出事，或是有人經過發現。仔細盤算後，我感覺最糟的狀況可能要等到三天後。簡單來說，那天是禮拜五，因爲時近大考，我們高三生被給予極大的自由，可以選擇去聽課或是去圖書館自習，我自己課後也沒有補習，因此是有可能整天都沒人發現我不在的。而Seliyap每個週末會回部落，下課就直接搭客運走了，不一定會回來宿舍。腳踏車棚因爲位置離新的校本部偏遠，也幾乎沒有教職員會把車子停在這，而且，我剛剛已經順手把小鐵門鎖上了。這樣的狀況，不太樂觀。

因為是第一次身體出現這樣的狀況，我無法預估自己還要躺多久？也不知道狀況會不會更嚴重？我開始想到會不會最後連呼吸和心跳的力氣都沒有，就在這裡孤單死去。想到這裡，我突然有想哭的感覺。

但眼淚沒有流下，不遠處的鐘聲響起，第一堂課要開始了。

又過了一陣子，我聽見牆外上班的車潮漸漸淡去，球場傳來運球的聲響。我看著六月中大片立體的雲朵飄過，夏季晴空與東芝電器的招牌形成對比，紅與藍，刺痛著我的眼睛。我現在連眨眼都有點吃力。

我想起了Seliyap。如果我今天孤單的死去，她會是我最後一個見到的人。我想起她手的觸感，濕黏溫暖的掌心。

我到底為什麼要每天牽著她的手呀？我突然想到。Seliyap行動沒有不方便，也沒有看不到路的問題，其實根本沒必要牽手呀！只是在住進宿舍時被校方告知要我照顧她、帶她去搭公車，我就照做了。然後第一次牽起她的手是那麼的自然，她也沒有半點反抗，就很自在地牽繫在一起了。

我想起妹妹佩佩。好久沒想到她了，想到小時候也是牽著她的手去重劃區的空地旁找龍葵的果實，去大圳邊看白鷺在布袋蓮上的舞步。某種程度上，我想我可能把對於妹妹的思念，轉換成對Seliyap的依賴，甚至是更親密的渴望。

不知道從什麼時候開始，大概有一兩年了，我心裡默默感覺到佩佩已經離開了，永遠地到了另一個世界。高中之前，我還和妹妹保持聯絡，但都僅限於父親主動聯繫母親的時候，彷彿被施捨的片刻時光。我和妹妹會非常制式化地彼此問候，問一些無關緊要的事，因爲我們都知道背後有另外一位大人正在監聽著。上高中後我擁有了人生中的第一支手機，但沒有人告訴我妹妹的聯絡方式，也許積極一點尋找可以找到吧？但心裡總有好多好多的芥蒂，每次都作罷，不知道佩佩是不是也這樣困擾著。

對於母親，也是有類似的感受，但沒有妹妹佩佩來得明確。妹妹與母親離世一事，我未曾跟任何人確認，也許是害怕知道眞相。但我幾乎是百分之百確定這件事。

突然後方傳來東西重重落在地上的聲音，沉沉的一響。我無法轉頭查看，只用最後一絲力氣發出了微小的求救聲。

雨豆樹頂層的樹冠有兩隻黃色的鳥，發出悠揚的鳴唱聲，一前一後飛往牆外的方向。

「欸！」Seliyap的臉出現在眼前。

眼淚終於流下。

Seliyap將我背起，帶著我穿過腳踏車棚，經過宿舍的長廊，到了舍監值班室。舍監一看到我馬上叫了救護車，送急診。在急診室打了點滴，大概過了一兩個小時力氣就回來了。當時還不知道我到底生了什麼病，以爲只是準備考試太累、沒喝水，有一點輕微的貧血和過勞。學校導師在我送進急診後不到半小時就來了，說他早自習沒看到我馬上就開始找人，跑了趟宿舍，知道我人在急診又搭計程車衝過來。

父親直要到當天晚上才打給我，只叫我要「注意一點。」

我事後問Seliyap爲什麼會回頭找我？她說她也不太清楚，只是坐在公車上隱約感覺有點怪怪的，努力回想只模糊地覺得，那天早上握著的手，我的手，跟平常不太一樣。

「很輕，好像隨時會碎掉，像是玻璃的感覺。」她告訴我。

坐在公車上，Seliyap覺得如果這一刻沒有回頭找我，也許永遠再也見不到。她就在隨便一站下了車，往宿舍的方向跑來。下車時司機還對她喊說學校還沒到，但她頭也沒回地奔向宿舍。看見小鐵門被鎖了，她馬上踩著路邊機車的椅墊翻上圍牆，跳了過來，便看見我躺在地上的身影。

到畢業前，我們上學時還是會牽著手。

離開宿舍的前一晚，我跟Seliyap買了梅酒在房間裡喝。前幾天下了場大雨，把雨豆樹細細的圓葉打落一地，幾天後窗外有一股土壤發酵的味道，腳踏車棚的柱子上出現好幾隻蛞蝓。在這樣潮濕、蛙鳴憂愁的晚上，Seliyap跟我說起她未來的志向，她說要去讀護理系，之後找一個有錢的醫生結婚。「而且還要很帥的。」她補充。

我不敢笑太大聲，以免舍監前來發現我們在喝酒。

Seliyap問我想做什麼？

我晃了晃裝著梅酒的馬克杯，堅定地說了——

「我要當全台灣最大飯店的老闆。」

# 2 另一半的世界

佩佩並沒有出席父親的葬禮。

這件事我並沒有很驚訝，只是胸口覺得悶悶的，有點寂寞的感覺。也再一次讓我確認到，自己身體裡缺少的那一半。

爸媽他們在分別之前鬧得非常不愉快。即便如此，我心裡一直期待著她們安靜地出現，然後笑著告訴我，我只是多慮罷了。但這些都沒有發生。

父親是在我大二的暑假離開。通知我的是社區大樓的保全，電話那頭可以聽見風吹過聽筒的沙沙聲，我知道那是在社區大樓中庭才會有的獨特迴響。閉上眼睛，好像還能聽見妹妹腳踏車輔助輪壓過磁磚的聲音。

父親的離別是很安靜的，他名下除了那棟重劃區的社區大樓，帳戶裡並沒有什麼錢，沒有欠債。這點沒有特別困擾我，從高中畢業後，我就經濟獨立了。我高中的成績在學校算是中上，在第一志願的女校中，這樣的成績應該可以上不錯的國立大學了。然而大學分發志願表，我填的是私立的科大，原因有兩個：第一、以我的考試成績入校是可以得到免費住宿、獎助學金以及學費減免的。第二、這所大學有教授「觀光與飯店管理」。我想，後者應該是主要的原因。

「我要成爲全台灣最大飯店的老闆。」這句話，連同我的大頭照被印在女校門口的宣傳帆布上。還好女中的正門面西，很快照片就被太陽曬到褪色了。我心裡一直默默地期盼，要成爲全台灣最大飯店的老闆，讓所有寂寞的人，都可以住進來，一起取暖，一起哭泣，一起歡笑。

父親後事的費用讓我稍稍煩惱。在他的遺囑中，他明確表明希望可以採用土葬，這樣的花費我一時半刻無法籌得。但就在這個時候，我收到了一封簡訊，裡面寫道：

蘇靜瑜小姐：協助安葬款項已匯入您的帳戶，若有其餘需求，或疑似有危險時，請撥打以下電話：0937-XXX-XXX。願一切如滿月般。

月影集團負責人敬上

當下馬上上網搜尋，查到「月影集團」的相關資料都是日本的大飯店，源自日本關西的老字號連鎖高級旅店企業，旗下有十幾座飯店，大多集中於關西與北海道地區，目前還沒有插旗在日本以外的地方，至少我查到的資料是這樣寫的。完全無法想像自己跟這樣的大公司有什麼關聯。而且除了這封簡訊外也沒有其餘的通知，讓我更加困惑。當晚在便利商店的ＡＴＭ，確實看見帳戶中多了一筆錢，我只取了喪葬所需的費用，其餘放著不敢去動。

直到葬禮結束，也沒有人告訴我那筆錢到底是誰給的。我本來猜想是學校的某種緊急救濟資源，仔細詢問過後好像也沒有這種東西。

葬禮那天非常熱，雲層很低，晴朗的藍像是要塌下來似的，飽和而厚重。靈堂中有股悶悶的花香，混雜著香灶的氣味，讓我的頭一整天都昏沉沉的。加上一些儀式的關係，來回進出冷氣房，土葬的時候又站在炎熱的荒地上，折騰一天後有點中暑。一切流程走完已經是隔日的下午三點多。還沒吃午餐，跟一些遠房親戚道別後，一個人坐計程車回到老家那塊重劃區。

週間的重劃區很安靜，我感覺這裡的房屋愈蓋愈多，商業活動卻怎麼樣也無法有起色，仔細想想，這裡的人們應該都是一大早就開著車上交流道，到遠方去工作，晚上才回來這裡吧？

整個社區像是蓋上了透明罩子，寂靜且明亮。走在路上只能聽見冷氣室外機的運轉聲以及風吹過行道樹時的聲音。

我在老家附近撐著陽傘繞了幾圈，終於找到一間有包廂的漫畫店，便進去包了三個小時。我點了一杯冰咖啡、一瓶可樂、巧克力厚片，可樂開瓶後一飲而盡，咖啡則是挑出了冰塊，在嘴巴裡含著。

這間漫畫店位於一間房屋仲介的樓上，距離我和佩佩長大的老家走路大約十分鐘，但我現在還不想回去那裡，總感覺如果回去，那不說破的默契會被擊碎。很多不堪的、陰影中的東西會一股腦地爬出來。

我把西裝外套掛好，低跟鞋脫了，躺在人工皮革的沙發床上。遠方隱隱約約可以聽見施工的鑽頭聲以及漫畫店裡有人翻書的聲音。整個空間有股汗臭與清潔劑對抗的味道，一開始無法適應，但聞久了莫名覺得沒什麼壓力。

這間包廂一邊是用木頭書架隔成的牆，偶爾還是能聽見人們把書抽出來跟放回去的聲響。

也許躺在棺材裡就是這樣的感覺吧？咬碎了冰塊，突然這麼想到。父親離世那日，我接到通知便趕去醫院，因爲父親有預立遺囑放棄急救，所以到院時，他身上沒有任何管路，就像是沉沉睡去一般。

「爸。」我在醫院的床邊喊了一聲，就像是將石頭投進深不見底的井之中。

我用餐盤上的紙巾擦乾了眼淚。

睡了一覺，沒有夢，很沉的睡眠。就這樣大概睡了兩個小時，醒來時發現天色暗了，而且自己非常非常的餓，便大口把涼掉的厚片吃掉，又去櫃台加點了贈送一小時時段的烏龍麵。

走出漫畫店的時候已經是晚上七點，我站在樓下的房仲公司門口伸了懶腰，感覺自己彷彿重生了。心中也默默感謝父親在暑假的時候離開，讓我有時間慢慢處理這些瑣事。

眼角餘光瞄到櫥窗上一張廣告，仔細一看發現一棟熟悉的建築。

「老字號汽旅轉讓，近交流道，裝潢新，腹地大。」我一眼就看出這是「月之河」，中庭的那棵聖誕樹還在，奇妙的地中海式外型聳立在灰色的高架道路下。我想起與佩佩在那雙門暗室裡的時光，她知道父親過世了嗎？也想起那位房務阿姨，穿著藍色夾克、黑色短裙的漂亮阿姨，汽旅轉讓後她還會在那嗎？

一位房仲工作人員從自動門探出頭，問我是不是有興趣？我連忙搖搖頭，快步離去。

回老家的路經過那建在大圳上的綠廊。上次離去時這裡的行道樹還一副弱不禁風的模樣，現在幾乎全部都健康地向晚空伸出枝枒。我回到了父親生前都還住著的那棟社區大樓，沒上樓，只在警衛室拿回了鑰匙，準備檢查一下信箱就離開。卻發現裡面有一封信，翻到正面，收件人竟然是我自己。

蘇靜瑜小姐：希望款項有幫助到您，若有其餘需求，或疑似有危險時，請撥打以下電話：0937-XXX-XXX。願一切如滿月般。

月影集團負責人敬上

跟幾天前的簡訊差不多內容。再仔細看了一下，寄件地址是白神村，白神一路。信封沒有寄件人的名字。

信中的文字是用鋼筆寫的，很細很輕的筆觸，深藍墨水中摻有銀粉。

我站在社區大樓中庭挨著警衛室的光讀了好幾次信，還是無法解讀出什麼。涼風從社區大樓挑高的中庭穿過，手中的信啪嗒啪嗒地響。

這種時候我都會想起Seliyap。她也許是這個世界上唯一會跟我說話的人，很想問問她的意見，但我每次都無法鼓起勇氣撥電話給她。一般人都會有很多朋友啊，只有我躑躅不前。或許對方早就忘記我了吧？這樣依賴著對方，對方會覺得很煩吧？

大學期間，我發現自己很少與人說話。這個科系大多數的學生都有在校外工作，常常課堂上沒幾個人，教授們也知道這點，學期末會出現從沒見過的同學跟老師商討不被當掉的方法。

坐在空盪盪的講堂裡，我常常會望著窗外，想起以前高樓上「東芝電器」招牌，還有躲在後方的雲。當然也會想起我告訴Seliyap的心願。

大概在父親過世後的三個月，我無力的狀況隨著那年異常多的秋颱而來，早晨醒來需要花很多時間才能下床，有時就只能躺在那邊看著天花板，聽著颱風拍打窗子的聲音，慢慢等待力氣回來。

這時我已經不像高中時那麼慌張了，也知道這樣基本上不會死掉，只是很困擾而已。但也許是太鬆懈了，才發生了後來那件大事。

那日如往常般拖著疲憊的身軀回到寢室，一打開房門就發現，房間被人動過了。

宿舍位於大學西邊的一處小坡上，我就讀的大學被一條高速公路切割成東西兩邊，宿舍位於西側。從宿舍三樓的窗戶望出去，可以看見被連鎖賣場遮住一半的河灣。我通常會在賣場前的站牌下車，走後方林子裡的小土路回宿舍。然而不巧那天下了點雨，我便在賣場裡點了一杯熱美式咖啡，坐在用餐區寫報告等雨停。回到宿舍時，比平時晚了大約一小時左右。

要不是午後的這場雨，我可能會跟潛入我房間的人撞個正著。

我檢視房間一圈，發現存摺和一些現金都沒被拿走，小偷感覺是在找其他東西。

我感覺有點不對勁，正準備報告舍監時，有人急促地敲了門三下。從那個力道判斷，應該是很強壯的手臂。我盡量不發出聲音地靠近，從貓眼往外望去，發現四位穿著黑西裝的男子，每一位都戴著口罩和棒球帽，看上去不懷好意。讓我感到困惑的是，這群人居然可以這麼輕易地進入大學的女子宿舍，難道舍監或是其他同學都沒有發現嗎？

我躲到廁所裡，理解到找舍監已經爲時已晚，拿出手機準備撥打報警電話，但不知道爲什麼怎麼樣也打不通，在我手忙腳亂打電話的時候，大門又被用力地敲了三下。

我突然想到父親過世時的那封簡訊以及社區大樓的那封信，上面寫道：「若有其餘需求，或疑似有危險時，請撥打以下電話。」還好號碼有存在通訊錄中。

抱著最後一絲希望打了過去。沒想到電話只響了一聲，對方馬上接了起來，就像是早就在電話旁等待一樣。

「怎麼了？」接聽的是一位老先生，語氣平和而迅速，沒有任何問候語或遲疑，直接就是問句。

「我是蘇靜瑜，你們之前有寄信給我，說……」

還沒說完句子，對方就打斷了：「我們知道你是誰，靜瑜，你現在正處於危險之中嗎？」對方果決地說。

「是，我現在門外有四個陌生人要闖進來。」

「你現在是在大學的宿舍裡嗎？」

「嗯。」這時大門那裡發生巨響，好像是有人用力踹門的聲音。

「妳人躲在東側有粉紅色浴巾的那間廁所裡嗎？」

「對，拜託你們。」我根本沒時間思考為什麼對方會知道這種細節。

「我們馬上派人過去，你在那裡不要發出聲音。」說完電話就掛斷了。

浴室外面踹門的聲音停止了，清脆「咔」的一聲，我知道那是門鎖被轉開的聲音。我蹲在浴室水槽下，無處可逃，祈禱著剛剛那一陣騷動被人聽見，救援能在男人們發現我之前出現。

從浴室的門縫下可以看見那些男人們的鞋底，踩在木質地板上發出沉沉的聲響。

這時身後吹來一陣風，很微小的風，帶有一點尼古丁的味道。我回頭看見浴室牆壁的磁磚竟出現了小小的縫隙，離地五公分左右，長度約有成年人手臂那樣長，一片指甲的寬度。以前從來不曾看見牆上有什麼縫隙，而且這面牆的另一邊應該是三樓的外側，照理說不會有什麼空間存在。我低頭趴下去確認，沒錯，風就是從窄縫那頭的空間來的。

一瞬間，在原本應該是淋浴間的牆壁上，出現了一個長方形的黑色大洞，大概是一個成年人以蹲姿可以進去的大小。黑暗之中，一隻手伸出來，示意我進去。

我想都沒想就鑽了進去，而就在我鑽進黑暗後，身後的洞口便鬱閉了，變回指甲寬的裂隙。

這個空間並不是全然的黑，原本浴室的光線溢出，牆的後面仍然是我的淋浴間；而這黑色空間另一頭也有道門，那裡的光更加明亮，看上去應該是室外的光源，但是不是大學宿舍的外頭，老實說我不太確定。空間不大，大約是一個壁櫥的大小。

月之河Motel的雙門暗室，我再一次回到這裡了嗎？

漸漸適應光線後，我發現自己並不是一人躲在這個空間裡，我身旁還蹲著一個人，穿著藍色夾克、黑色窄裙，月之河的房務阿姨。

「是妳！」我驚訝道。

「噓！」她迅速將食指壓在我的嘴唇上。

她將手機螢幕湊了過來，上面寫著：「用打字的。」

這時外頭傳來一陣躁動，浴室的門被輕鬆打開了。男人們走進了浴室。

「待會我會打開對面的門，妳要從那邊出去。」她的手機是舊款的，有實體按鍵的機型。房務阿姨指了指光線較爲明亮的裂縫。

我發現自己的心跳好大聲，呼吸紊亂，用手機打字時手抖得厲害。

「一起嗎？」我問。

她搖搖頭。我注意到她耳朵上掛著一副月亮形狀的耳環，在微光中閃耀。她靠了過來，手貼著我的後頸，繞到胸前，把我胸前的下弦月項鍊捧在手心。「這是很有力量的東西，同時也很危險。」阿姨的手機螢幕上寫著。

我抬頭看看她，想著，難道黑衣人在找的是這個？我深吸一口氣。在這雙門暗室中，一股熟悉溫暖的回憶將我緊緊抱起。我好像，沒那麼害怕了。

我們就這樣沉默了一陣子，男人們也沒有說話。

「以後有危險，馬上打這支電話。」

我點點頭。

「錢夠用嗎？」她又打了一段字。

「可以。」

「接下來會很辛苦喔。門的另外一邊是另一半的世界。」

我點點頭，眼淚幾乎要流出來了。

她對我微笑，那是世界上最美的笑容，我永遠，永遠不會忘記。

「時間不多了，請聽清楚我接下來要告訴你的事——」她靠近我耳邊輕聲說道。

「將你右手的中指與無名指壓住你的左胸，心臟的位置。閉起眼睛，然後想像一個地點，一個畫面，最好是你熟悉的、靠近這裡的地點，我要幫你逃出去。」

「宿舍旁邊的森林可以嗎？裡面有一座高壓電塔……」我打字打到一半，突然浴室那側傳來巨大的聲響，看起來男人們正試圖用工具破壞浴室的牆，我不小心驚呼了一聲。

還來不及得到答案，阿姨將我右手的中指與無名指壓在胸口，我感到一股強烈的無力大發作將要來臨、伴隨著天旋地轉的感覺。阿姨推了我一把，我感覺身後一股很大的力量把我吸出去，一瞬間，是失重的感覺。

太過光亮，看不清楚，天旋地轉的，無法呼吸，我正從高空中墜落。

下一瞬間我重重跌落地面，手臂傳來骨頭斷裂的聲音，我在泥地上滾了幾圈才停下。

我仰望著天空，可以看見一些松樹的樹冠。氣喘吁吁地，往旁邊看去，方才落地的位置有一層厚厚的苔蘚，像是在林地裡鬆軟的床墊，也許就是那些苔蘚，成爲緩衝，才沒摔得更重。

這裡就是另一半的世界，我摸了摸胸口，發現下弦月的項鍊，已經不見了。

赤日

# 3 穿越雪夜

入夜前，我們在杉木林中看過一群水鹿。

是我先看到的，從哥哥伊東眞司的肩膀後方看見那壯美的鹿角，冬毛是雪地中淡雅的栗色。哥哥背著我，低頭走路沒看見，直到我點了點他的後頸，他才抬頭。喘了一口氣，在他眼前形成了微小的霧。

「休息一下吧，眞承。」哥哥將我輕輕靠在一棵冷杉的根處。

「哥，對不起啊。」我看著哥哥卸下沉重的行囊，一手按著樹幹，另一手扶著腰。

沿著月影溪溯源，穿越比人還高的草原，盤根錯節的銀葉樹叢，來到這片幽靜的冷杉林。耳邊還是能聽見細小的水流聲，在林間迴盪。

不遠處有樹梢積雪落在地上的沉沉一響，我問了哥：「如果雪下下來，是不是就得回頭？」

「我們要尋找的，不就是早春的泉水？回頭的話就要再等一年了，你能再等一年嗎？」

哥哥說完這句，我們暫時沒有說話，各自消化著這句話的意義。傍晚匆匆歸巢的雀鳥，從山頂一路發出急促的啼叫聲，往山谷的方向飛去。

十五歲這年，無力的發作愈來愈頻繁了。隨著太平洋的戰事陷入膠著，我的病情也每況愈下，從起初特別疲累時才發作，到如今幾乎整日需要人攙扶才能勉強站立。我自己感覺，這次身體可能會挺不過去。

「我們十分鐘後出發。」哥命令似地說道。

「嗯。」

「春天眞的要來了，你看──」他指著林線處的水鹿群。

我們凝視著水鹿用鼻尖把雪推開，尋覓著什麼。

「他們在找早春破土的嫩芽。」

兩年前的春天，父親決定將我和哥哥從京都接到台灣，說京都太過擁擠了，要我到埔里廳的山村養病，白神村，人們是這麼稱呼它的。這裡歷代相傳，流過白神村的月影溪具有奇妙的療效，傳聞有將死之人飲下溪水後，逃過死劫；也有人說一位天天喝溪水的盲婦，兩年後重見天日。

當然，這些傳聞起初我們也只是聽聽，但當奇蹟發生在身邊的人身上時，那便不一樣了。父親於昭和元年，在台中州能高郡建立了「垷丸造紙廠」。從我的曾祖父輩開始，我們伊東氏歷代都經營著紙廠，從柔美高級的和紙到大量生產的炮心紙，皆有產線。

垷丸造紙廠成立的第三年冬末，有一位造紙女工得了瘧疾，父親曾親眼看過那女工病況最糟的樣貌，他說那如紙漿般蒼白的顏，是死者之相。過了兩週，父親心想這位女工應已入土爲安，某日竟出現在紙廠門口，詢問是否康復後可以復工？這位台籍的女工，是我們伊東家族其中一位管家之妻，所以我們很確定眞有此事。

「是月影溪春天第一口的泉水，整座山的靈氣都在那。」女工是這麼說的，說她的先生背著她來到月影溪的源頭，在彌留之際喝下泉水才保住一命。

如今哥哥也背著我，沿著古老的獸徑，步入山林。我的哥哥，雖然如此稱呼，實際上他只比我早出生幾小時而已。雙胞胎的出生原本應是一件喜事，卻因爲我的難產而造成了如原罪般的遺憾。家中長輩說，哥哥一下子就出來了，健康而宏亮的哭聲整座小鎮都能聽見；然而我卻一直遲遲不願出生，躲藏在子宮的深處，從那初春的早晨直到深夜，讓母親流了太多的血。

隔日清晨，一個陰沉的小男娃誕生了。而我身上彷彿籠罩著宿命性的陰鬱，某種對於前世的執念。生產後，母親元氣大傷，整日臥床，在一年多後染上肺病去世。

而父親像是要逃離那塊傷心地一般，在我們兩兄弟出生不久後便將我們家歷代經營的紙廠遷至遠方的島嶼——台灣。我們直到多年之後才跟隨父親的腳步來到這座南方之島。

日落之後，開始降雪。霞光透過冰晶折射出奇異的色彩，在黑色山脈輪廓後方暈染成淺紫、粉金、深藍。隨著海拔攀升，空氣更加稀薄、冰冷，我一手環扣著哥哥的頸，另一手將煤油燈高高舉起。好一段時間，我們都維持著這樣的姿勢，偶爾滑下去須調整重心時，哥才會將我往上背一些。

煤油燈的光將杉木的影子拉得好長，走在黑暗的林間，總覺得那陰影的背後有什麼正在凝視著我們。光線未能抵達之處那黑暗是緻密、濃稠的。巨大挺直的杉木將我們包圍，木紋上有飛雪的影子。

感覺到哥哥在發抖。

「還能聽見水的聲音嗎？」他突然停下腳步。

不知道從什麼時候開始，細小的流水聲已經不見了。

「結冰了嗎？還是我們走錯了？」我問。一路上我們都是聽著月影溪的聲音行走。

「安靜，仔細聽。」

我下意識將煤油燈舉高，伸長了脖子環顧四周。哥哥把手伸進布襟，從胸口的暗袋中取出一把手槍，交給我。

就在我們停下腳步的片刻，身後不遠處林間，有腳步踏在雪地的聲音。

聽說此地，過往是「生番人」的聖域，他們祖先的獵場。過去隘勇線的後方，沒人能保障我們的安全，這也是需要攜帶武器的原因。

雪靜靜地落下，我感覺一股張力在空間中擴張。我將槍口指向黑色的樹林，緩緩轉動身體。

突然，我感到後頸一股涼意，一股強烈被人注視的感受，及時轉身調整了重心，哥哥順勢倒在雪地之上。

一支箭矢從原本我們佇立的位置穿過，發出空氣被割裂的聲音，我隨即朝箭矢來的方向回開了兩槍。又一發箭矢射了過來，射中了我們的糧食袋。

「起來了，我們要跑。」哥哥將我拉了起來。

「行囊！」

「燈和行囊都不要帶，他們會看到我們的！」哥哥迅速將我甩到背上，大腿一蹬，往雪夜裡奔去。

月光隱藏在厚厚的雲層後方，我們僅憑著草尖露水的反光指引方向，全力衝刺。哥哥是很強壯的人，在外人看起來，會有一種營養全被他吸走的錯覺。他的胸膛結實，全身在烈日下鍛鍊出如麥的膚色，肌肉線條像是岩石的溝槽，鋒利且筆直；而我，蒼白、消瘦，在幾次無力發作後，現在體重僅有哥哥的一半。

哥哥奔跑的時候，我感覺他像一台全力運轉的機械，心臟如同引擎，因為身體緊緊貼著，我能感覺血液全速灌入肺臟與肌肉的脈動。已經顧不得水源的位置了，我們只能本能地沿著若有似無的獸徑跑著。

跑了不知道多久，又一發箭射過來擊中了哥哥的大腿，他低吼一聲，向側邊倒去，沿著長滿箭竹的坡面往下滾。我用盡全身的力氣想要煞車，卻無法抵銷重力的拉扯；雙手想要抓住什麼，但所有的事物都在旋轉，沙塵、血氣、草的腥味。然後我的頭在一顆岩上敲了一下，瞬間昏了過去。

包圍我的是黑暗。

我並不害怕黑，因爲我分得清黑的層次。夜裡山脈的黑、溪水中水草的黑、樹的黑。我曾經也希望世界永遠變黑，一覺醒來發現自己脫離這虛弱無力的肉體，離苦得樂，在彼岸與母親相會。天明時常常流著淚，世界是迷濛的蒼白，那令我更加無助。在床上看著天花板，意識醒了，身體卻還在沉睡。

這時我就會在腦中構築畫面，那些源自故事裡，異國的絕美景色，我很擅長這個。這是很需要集中精神的工作，我會把故事裡的所有細節，從記憶的抽屜裡一件件取出，分門別類放在它們該在的位置。沙漠裡的蠍子、熱帶雨林裡的人面猴、古堡裡的燭台、夏夜墓園邊的榆樹，這些物件看似微小，但每一個物件都具有微小的能量，當物件湊齊後，我偶爾，可以進到那個故事裡。不是形而上的進入，而是眞正意義上的走進故事畫面中。我可以坐在榆樹下聽見不遠處的教堂鐘聲、聞到古堡中灰塵與葡萄酒的味道、被雨林中的水蛭咬上一口而流血、感受溫熱的沙從指尖緩緩流逝……

不知道從哪裡傳來流水的聲音。

頭很重，胸口也緊緊的，我動了動手腳，發現四肢都還能動。隨著一陣劇烈的咳嗽，我坐了起來，口中澀澀的，有血的味道。

「哥？」我試圖喊聲，但喉嚨裡有東西卡在那，一說話就想要咳。

沒有回應。

雪不知道什麼時候停了，但空氣還是很冷。我抬頭看向上方，發現頭頂是一道細細的石縫，從石縫中可以看見被切割過的天空。雲層散去，斜射的月光從縫隙處灑下，銀藍色的光灑在滿地的苔蘚之上。這層苔蘚很厚，簡直像是彈簧床一樣，也許就是因爲這些苔蘚使我掉落時，沒有遭受重傷。

我又喊了一聲哥哥，聲音在石峽中迴盪。也許我不應該發出這麼大的聲音，我心想，剛剛的追兵可能還在尋找我們。我摸了摸身邊的地面，沒發現手槍，只有濕濕軟軟的苔蘚。

當我在思考這個問題的時候，身後不遠處傳來一聲乾咳，我回頭望去，發現哥哥一動也不動地俯臥在那。我沒辦法站立，只能用半爬行的方式過去。胃絞痛著，我來到哥的身旁，拍了拍他的背。糟了，哥哥的身體好冷，仔細一看，中箭的右腳褲管已經完全被血水浸透。

「眞司、眞司。」我連喊了幾聲哥的名字。

「伊東眞承，你很囉嗦，安靜一點行嗎？」哥哥模糊的聲音泡在濕濕的苔蘚中。

「你受傷了。」

「很痛。」

「這什麼地方啊？」

「先讓我休息一下。」哥哥勉強翻了個身，他的唇沒有血色。

哥哥就躺在那邊一陣子，我將自己內層未濕的羽織脫下，蓋在他身上。月亮被薄薄的雲層遮住，不久後又透了出來，凝視著青綠色的苔床，只見到大片的影子緩慢遊移。石峽裡很安靜，沒有風也沒有追兵的喊聲。仔細聆聽，才能聽見若有似無的水聲。也許苔床下面或是石壁後方有伏流吧？我想。

哥哥將褲子脫了下來，檢視傷口。箭傷很深，箭矢的後半部斷裂，尖端的位置仍牢牢地插在大腿後側。我們將部分的箭身切掉，直接連同箭頭用綁腿布緊緊地加壓固定。處理的過程哥哥表情很痛苦，卻也沒有半句怨言，只是如工作般機械式的操作著。雖然說起來很無情，但我看著哥哥皺成一團的臉，一直忍住不笑，我總覺得那之中還是存在著某種想要表演的人格。我想起我們兄弟決定要入山的前幾天，哥哥到處和紙廠裡的女工說明此事，好像深怕沒人知道一樣。

「沒辦法，這是我的責任，畢竟是我的弟弟。」哥哥總如此說。

「伊東少爺一定要小心呢！」「我們會爲你祈禱的！」女工們彷彿是要送丈夫上戰場般，離情依依。

哥哥也把握這個機會和幾位有私交的女工上了床。剛出發的時候，我也以爲哥哥只是逢場作戲，大概沒多久就會找個理由折返了吧？沒想到他眞的一路背著我來到這裡。

「我們要想辦法離開。」哥哥抬頭望向石縫的頂端。延伸上去的石壁大約有三四個成年人的高度，以我們兩個目前的身體狀況，直接勉強爬出去應該是不太可能的。

「能走嗎？現在。」哥目前受傷後應該是沒辦法背我了。

「應該可以走一小段。」我扶著石牆，慢慢地撐起身體。

我們沿著石峽前行，試圖找尋能夠離開的位置，但走了好一會，只看見無止盡的石壁與苔蘚。我們還看見一副完整的獸骨，可能是鹿或是羌的遺骸。骨頭上也長滿了青苔，我開始擔心這裡是不是真的沒有能出去的路徑。

「眞承，我可能快不行了。」

「什麼意思？」

「快感覺不到我的右腳，可能血流太多了。然後一直冒冷汗。」哥扶著他的右腿，綁帶的血開始透了出來，整張臉是白的，全身顫抖。

「要不要喝一點水？休息一下。」

「身體也開始愈來愈冷了。」

「吃點東西？」

「糧食留在冷杉林裡啊。」哥一個重心不穩，單腳跪了下去。

這時我才眞正意識到，我們可能會死在這座山裡。我靠在哥哥身邊，輕輕地摸了他的腿，已經感受不到體溫了。

「哥你不能死啊，不然多桑紙廠的那些女工會哭喔，會想念你的。」我說。

「囉嗦啊你。」

「要吃朱古力嗎？」我從側背包裡拿出了碎碎的朱古力。

「只吃明治的。」

我把朱古力送進哥的嘴裡，他只輕輕含著，沒有咀嚼。我環視四周，發現景色還是和之前一樣，石壁、月光、苔蘚。但有件事情不一樣了，我感覺自己好像漏看了什麼？什麼很關鍵的物件。

「水的聲音。」頓悟的瞬間，我脫口而出。

「嗯？」

「泉水。被突襲前，不是聽不到嗎？你聽，現在是不是又有了？而且很清楚？」

「確實是，我們應該非常接近源頭了，月影溪的。」

很接近，但還沒到。最無奈的是，我們的體力都接近極限了。哥哥閉著眼睛，背靠著石壁，喘氣聲急促且虛弱。

「眞司，我去前面看看，我覺得泉水很近了。」

哥哥點了點頭，沒有回應。

「哥，你不要死喔。」我將全身能夠保暖的衣物都脫下，蓋在哥哥身上，身上只穿著襯衫與卡其褲。

還好石峽中的路還算平穩，沒有太多的起伏，我能一路扶著岩壁行走。水聲愈來愈清楚了，苔蘚的厚度也感覺更紮實，應該是接近水源了。過了一陣子，地上開始出現一些水草，現在每一腳踩下去都彷彿是踩在吸滿水的海綿。水草黏黏的，像是墨綠的髮絲，也許這裡在夏季會變成河流吧？我一邊思考，一邊艱難地把腳從泥濘中拔出。力氣快用盡了，視線開始模糊，按照過往的經驗，我大概再十分鐘內就會需要躺下來睡覺，這纏住我的怪病，就是如此殘酷。

按照水草的流向，我的確是朝著源頭的方向行走，我心中還是有這一點點的踏實感。我一定要喝下月影溪早春的泉水，恢復體力，然後回去救哥哥。此刻，我只能如此相信了。

恍惚之中，我望見前方有微微的橙光，起初我以爲是天明時的霞光，靠近一看竟是一盞油燈，火光在石壁上跳躍。油燈旁有一尊小佛像，看起來是用此處的岩石所刻造而成的。

泉水不斷地從小石佛的身體裡湧出。

「終於找到祢了。」我雙手合十，安靜地說。錯不了的，我心想，這一定就是月影溪的源頭處。

我用手盛了一口泉水，在泉水的倒影中看見了自己的臉，和背後石峽縫中巨大明亮的月。

我從未喝過如此甘甜的泉水，入口時是沁涼的，但流到身體裡後卻像是熱雞湯般地暖胃。我完全可以體會那得了瘧疾的女工所說的——「整座山的靈氣都在那。」全身的細胞都醒過來了，力氣暫時恢復了一點。

知道時間緊迫，我還是忍不住多喝了三大口。喝完後拿出腰間的水壺，裝一些水準備給哥哥。

在裝水的時候我發現一件奇怪的事。

這尊佛像的手勢怪怪的。記憶中，應是沒看過這樣的手勢，這尊石佛的右手無名指與中指相捻，指腹壓在左胸的位置。雕刻者在壓下的位置處，還特別刻出袈裟的褶痕。

但我也沒想太多，裝完水之後就趕緊回頭了。

見到哥哥時，我的心整個沉了下去。眞司倒在地上，沒了氣息，我把手貼在他胸口也感覺不到心跳。

「伊東眞司！起來！」我大喊。

我將哥哥扶成坐姿，捏起他的鼻子，用手指將他的口撐開，把水壺裡的泉水往裡面灌去。

雪不知道什麼時候又開始下了，細小的雪花落在哥的身上，沒有融化。銀絲降在眞司的黑髮上，讓他看上去好像老了很多。

我靠在他身邊，也閉上眼睛。

爲什麼我的一生會如此坎坷？媽媽那麼早就死了，一輩子跟無力的怪病奮鬥，最後還要死在這個莫名其妙的地方。

我想起故鄉的吉野櫻，母親送葬的早晨，櫻瓣在霧雨中落在白色的棺木上。我想起了白神村裡紙廠旁的家，洋式的木造建築，我喜歡在緣側處跟哥哥下將棋，抬頭可以看見花架上的紫藤。

想起了我閣樓的房間，松木的大書架，書架上有好多好多小說、史記、童話書。從小因爲體力很差，無法常常出門探索世界，透過讀書，我可以去到很多地方，想像自己有不一樣的身體、人生。

我想起了剛剛的小石佛，無名指與中指壓著心臟的位置。此刻我也按著心窩，啊，原來難過的時候眞的會心痛，好痛。

「如果能回到閣樓的小房間那該多好。」我想著那房間的樣子，想著還沒讀完的小說。

突然一陣眩暈襲來，伴隨著詭異的失重感，一瞬之間，我好像被拋到空中。試圖睜眼才發現空間存在著很強的阻力，四肢是有力氣的，但空氣好像變得很濃稠，像糨糊一樣，無法推開。

下一秒，一聲簡直要撕破耳膜的巨響，我感覺側臉貼在木質的地板上。

我回到了自己位於白神村的閣樓房間，哥哥也在旁邊，滿地都是從書架上落下的書本，紙頁緩緩被哥哥右腳滲出的血，給染紅了。

赤日

# 4 隱玉

「七號，明天就換你執行任務了。」伊東眞司穿著墨綠色的雨衣，在軍艦的甲板上對我說。他的背後，是下著細雨的灰色太平洋。

我的名字是佐野健治，但在這裡，我們沒有名字，只有代號。我是七號。前面是六號，後面是八號。只有在我們成功完成任務的未來，我們的眞名才會被記錄在偉大的歷史書上。

我們是被天皇欽點的子民，非常榮幸能爲國家效力，當家中接到我成爲刺殺小隊一員的通知時，全家人都爲我感到無比的驕傲。

父親是伊東氏的管家。從我的祖父輩開始，一直都服侍著伊東一族。從日本京都，跟隨著伊東眞司的父親——伊東利一先生來到台灣的台中州能高郡，見證埧丸造紙廠從平地一磚一瓦地被建起。沒有意外的話，我也會跟隨著家父的腳步，一生侍奉著伊東一家。

我和小隊長伊東眞司先生沒有說過太多話，雖然年齡相仿，但總感覺我們之間存在著某種緊張的關係。而他的弟弟伊東眞承，則可以說是我在白神村的摯友之一，我偶爾會偷偷爬上閣樓，踮著腳尖不發出聲音，來到眞承的房間。我很喜歡聽他朗讀，在他的書牆上有說不完的故事書，要不是伊東眞承有那個會沒力氣的怪病，我覺得他應該能唸上一整晚。

那日他們兄弟倆在半夜莫名其妙從山頂回到房間，也是我發現的。

從山裡面回來的伊東眞司奄奄一息，被緊急送往病院救治，將右腳膝蓋以下截肢才勉強保住了性命。而他的弟弟伊東眞承，則是奇蹟般地，恢復了喪失的肌力。他們兄弟倆在那座山上究竟發生了什麼事，他倆一直沒有告訴大家。村裡的人們只知道在那之後，他們祕密地在埧丸造紙廠旁的那座大宅院中，練習著什麼。

我曾問過在伊東家擔任管家的父親，那對兄弟是否有什麼異於常人之處？他總避而不談，要我不許再問。

「那對兄弟一定是喝下了月影溪上游的泉水。」我告訴母親，母親當年也是喝下泉水才沒被瘧疾帶走。但她和父親喝完泉水後，仍是頂著風雪走了三天的山路才回村子裡的，之中不存在什麼捷徑。究竟伊東兄弟是如何回來的，母親只是笑笑地看著我，沒多說什麼。

在伊東兄弟回來的三個月之後，我接到來自日軍台灣軍司令部的徵召令，開始在台中練兵場為期一個月的精實戰鬥訓練。訓練結束後，我乘船到了東京，與其餘士兵會合。

刺殺小隊總共有八名成員，因為身體的特殊素質而被揀選，具體是什麼特殊體質，我們當時並未被告知。後來才聽說是在部隊訓練時，抽血數據有某種酵素存在而被錄取。白神村的男性基本上都被抽了血，然而最後只有我接到了通知。

由於是特殊行動，僅有非常小型的餞行儀式，但沒有人因此感到不滿，我們大多懷著無比的榮譽心出征。活動舉辦在東京市郊的小學體育館，在那裡我們第一次與其餘隊員見面。我還記得從昏暗的體育館裡望向窗外，可以看見盛夏巨大的積雨雲以及亮白的四照花。體育館內十分悶熱，門窗都緊閉著，像是要掩蓋某種祕密似的，典禮尚未開始，我們的襯衫都已濕透了。

來到現場的長官僅有兩名，其中比較年輕的軍官先是恭喜我們，然後開始告訴我們遠方戰線的情況，他是個老實人，長相也英俊，只是髮線後退得早，若是戴上軍帽應該看上去會更年輕。他明白地告訴我們，太平洋另一端的國家非常強勢，必須在敵軍取得更大的優勢前，提早斬斷他們的龍首。刺殺小隊長伊東眞司被唱名，上台從較年長的長官手上接下象徵武運昌隆的軍刀，我們其餘隊員一聲令下，喝下壯膽的苦酒，將酒杯摔碎在地。

我們後來都稱呼伊東眞司為「小隊長」，他的編號是八號，在我的號碼後面。我一直認爲伊東眞司不說話的時候，像是一顆聳立在浪濤之中沉默的巨石，什麼也無法撼動他的樣子。眞司說，他曾死過一次，往後的日子，皆是餘生。

從台灣要出發前往東京的前夕，小隊長伊東眞司跟我說：「到了東京，我們就是不認識的人了。」

「明白了，少爺。」

「不然其他人會認爲你跟我很熟識，有什麼特殊待遇。」

「實際上也沒有。」我回應。

「沒錯，實際上也不會有。」伊東眞司回應。

其實，被選中的刺殺隊員，多多少少都有某些身體缺陷，有兩位年過六旬的老先生，也有耳朵受損的人。而我，則是天生有呼吸道方面的疾患，肺臟比一般人容易破。小隊長告訴我們，身體健壯的男人們都被徵召至前線了，這次的刺殺行動給了我們這些剩下的人，一個效忠天皇的契機。

到底要如何執行刺殺任務，一開始我們是不知道的，因爲被選中的士兵們，體型、年齡分布很廣，很難想像是要執行什麼高度耗能的體力活。我們面面相覷坐在開往碼頭的五噸軍卡車上，不發一語。

「到了海上你們就會知道。」小隊長如此道。

我們從東京竹芝碼頭登艦，航向太平洋。晴朗的日子，整個碼頭空盪盪的，模糊的熱氣在柏油上漂浮著。延伸向海的防坡堤上站著一些送行的親友，我們站在甲板上用力地向他們揮手。餞行的隊伍中，有一名穿著有山茶花印和服的女子，她一邊啜泣，一邊揮舞著白手帕。當艦艇汽笛聲響，那女子竟當眾把和服解開，在陽光下露出潔白的乳房。那是六號的未婚妻，戰爭爆發前，他們小倆口一直在名古屋經營著咖啡店。我不明白爲何六號的妻子要做這樣的事，但在海象不佳的深夜，我都會想起那堅挺的乳首，像是在隆冬的雪地中一株盛開的櫻。

我記得出征那日，軍艦旗桿上那面旭日旗，在海風中驕傲地飄揚著。

六號是一名瘦高的男人，左臉頰靠近下巴的地方有一道很深的疤痕，一開始大家都傳說那是他與黑道打架時所留下。直到某日操練時，六號才親口告訴我說，那是被雕刻刀劃傷的。他的父親是一位版畫師，他年幼時在父親的書桌邊玩耍，不小心被父親的雕刻刀割傷。

作戰的「香取級」訓練巡洋艦，並未安裝槍砲，當然也沒有魚雷等設備。我們出港後就以極爲緩慢的速度前行，在寧靜的夜裡，甚至感覺未在前進，僅能看見被月光照亮的、船尾後的銀白漣漪。艦艇上除了我們刺殺隊以外，還有十五名水手、十人組成的醫療團隊、三位廚師、一位側寫師（也是該艦艇上唯一的女性）。我們一直要到一號出征那日，才知道側寫師的工作內容具體是什麼。

刺殺小隊的訓練很規律，每日清晨我們會在甲板上集合進行體能訓練，聽著廣播器播放的音樂跳半小時的體操，然後八名刺殺隊員沿著迴廊慢跑二十圈。午飯過後，我們會在食堂上課，大多是關於近距離格鬥技與刺刀的操作課。

我們刺殺小隊原本以爲，所謂的「刺殺任務」就是提著槍或刀，經由密道或是潛行，到前線去暗殺敵人。直到我們第一回的刺殺訓練，我們才知道究竟是怎麼一回事。

出發後的第十天，我們展開了第一次的刺殺訓練。

一大清早，我們刺殺隊員就被集中到甲板上。我還記得那是個晴朗卻下著微微細雨的一天。八名隊員，列隊面向大海，軍服濕了又乾，乾了又濕。

遠處的海面上有一艘蒸汽小船，瞇著眼，可以看見上面有兩名水手，他們手上拿著一張畫，但在這個距離，只能看見畫作上模糊的色彩。

「立正。」小隊長伊東眞司命令，軍靴踏步，他走到了隊伍的前方。

「接下來，即將爲各位展示的，是能夠戰勝敵軍的刺殺技術。你們必須在這艘訓練艦上，熟悉此項技術，在出征之日，才能將榮耀歸與天皇。」日光從伊東眞司的後方灑下，他的表情隱藏在陰影之中。

「明白嗎？」他問。

「明白。」我們其餘刺殺隊員齊聲回應。

「待會，我會透過這項技術，前往那裡。想像，敵軍的司令就位於那艘船上。」伊東眞司指著遠處的小船。

視線延伸至遠方，蒸汽船的煙囪飄出了細細橘色的煙，緩緩飄向天際。

前往那艘船？粗估這距離至少有一海里，要怎麼過去？我的餘光瞄到隊伍前方的幾位，有瘦小乾癟的傢伙，也有看上去逐漸從壯年要邁向老年的先生，體力上感覺是不太可靠的。而另一方面，伊東眞司也是失去了一足的士兵，究竟要如何達成呢？

「七號，出列！」小隊長命令，不知道他是不是發現了我眼神中的疑慮。

「你與我一同練習，實際示範給隊友們看。這樣比較明確。」

「是，小隊長。」我回應，盡量不透露無奈的口氣。

「七號，請與我做一樣的手勢。」小隊長用右手的中指與無名指輕輕點一下自己的左胸，心臟的位置。

我照著他做，指尖感覺到自己加速的心跳。

「接下來會有點不舒服……」伊東眞司說到一半思考了一下。「應該是非常不舒服，畢竟各位是第一次，但請你們忍耐。」

小隊長示意一旁等待的醫療人員過來，他們拿出了一把裝有淡藍色液體的大型注射器，朝我的上臂打了一針。粗針刺入肌肉層，首先感覺到的，是劇烈的痠疼感，彷彿有人要把覆在骨頭上肌肉撕扯掉一般。我全身冒冷汗，牙關緊閉，以爲這便是最不舒服的過程。

「七號，站穩。」

小隊長話還沒說完，我便感到一股強大的無力感襲來。周遭瞬間安靜，沒有浪聲，也幾乎聽不見說話的聲音，只剩下耳鳴的殘響。世界轉成灰白色，像是被一片巨大的烏雲籠罩，時間的流動變得模糊，我不太確定到底是加速還是倒退，或是同時在發生。一不留神，我幾乎要癱軟在地，簡直像是力氣被偷走一樣，我感覺到隊友將我撐住，使我不至於跌跤。內臟有被激烈翻攪的感覺，伴隨著強烈的噁心感，心臟跳動得非常激烈。

這針劑裡到底裝了什麼？此刻我的四肢完全沒有力氣，幾乎連要開口提問都有些困難，只能被動地接受這一切。

老實說，當時我眞的覺得自己會死在這。

「七號！手勢！手勢維持住。」我知道小隊長伊東眞司在我耳邊吶喊，但聲音聽上去好像從很遠的地方傳來似的，十分模糊。我用最後一絲力氣將手指固定在胸口處。

此時，從旁邊走來一位年輕女子，在灰階視野中，她是唯一有色彩的一位。我看見她朱紅的唇，以及深藍色的眼眸，銀白的頭髮散發出不可思議的光輝。是側寫師，艦上唯一的女性。

她手中有一張畫。

「看畫，七號。」這次聲音很近，彷彿是直接從腦袋裡發出的聲音。

我注視著畫作，發現是一幅京都清水寺的木版畫。夜裡，藍色的世界中，一位男子站在架高的木平台上，望著遠方京都的燈火。當我凝視著畫作，身體的不適感漸漸退去，意識彷彿被往畫裡拉去。靈魂好像擠進一個狹窄的通道，從指尖的位置，被引導出來。

「走。」小隊長拍了一下我的肩膀。

我感覺到天旋地轉，下一瞬間，跌坐在蒸汽船的甲板上，我激烈地嘔吐，吐到膽汁都嘔出來了，感覺到身體與意識的抽離，就像是從不小心睡太沉的午覺中驚醒的感覺，頭昏昏的，有一點喘不過氣的感受。吐到全身痠麻，最後我躺著望向天空，看見一道橘煙流往雲的方向。身旁的水手也拿著一幅畫，與剛才側寫師給我看的是同樣的。

「七號，你們要透過『隱玉』，刺殺太平洋彼端的鬼畜米帝司令。」伊東眞司也來到了蒸汽船上，但他從容自在，俯瞰著我。此刻我才終於明白，伊東兄弟從那座山回來後，研究的祕密技術是什麼。

伊東隊長說，這個移動的過程叫做「隱玉」，是他與弟弟觀測到的躍動技術，透過肌無力狀態下的彌留，將自己的氣息隱藏，彷彿在上帝俯視的死角處，進行位置的重新定錨。然後在下一次自己氣息出現的時候，透過強烈且明確的內觀暗示，達到與視覺想像同位置的再現。在這個情況下，就是來到有同一幅畫面的蒸汽船上。老實說，後來也聽伊東隊長講過這原理好幾次，還是難以理解。眞的還是要實際體驗過，才知道這項技術的奇妙之處。

而爲什麼要叫「隱玉」，小隊長並沒有說明。

之後的每天下午，小隊長會開走一艘蒸汽船，到離軍艦約一海里的位置等待，在傍晚的暮色下，那僅僅只是汪洋中的一顆逗點。蒸汽船到達指定位置後會燃放橘煙，這便是演習開始的信號。醫療人員會在我們刺殺小隊的臂上注射藥劑，這藥劑的目的，是要造成我們刺殺隊員肌肉的無力，剛開始大家會直接癱軟在地，甚至失禁，但經過訓練後大多能勉強維持住站姿。肌無力的症狀來臨後，側寫師會把一幅畫放到我們面前，通常是一些浮世繪的藝人繪，有時是一些風景畫作，不太一定，但絕對不會和之前重複。我們需要用力將畫面記在腦袋中，想像自己站在畫的面前，去除心裡的雜念，讓腦海中只有一張畫浮在黑暗的空中。

最後，用右手的中指與無名指輕輕點一下自己的左胸，心臟的位置。

成功的話，下一秒睜眼，我們就會站在小隊長的蒸汽船上，船上也會有一幅同樣的畫作，蒸汽船上的畫作會更大幅，更加細緻。若是失敗，大多數時候我們會一直呆立在甲板上，直到演習結束；偶爾也會有人傳送到莫名其妙的地方，例如不遠的海面上，或是廁所、食堂。但都沒有人因此受過什麼嚴重的傷。

經測試，隱玉是有一定的距離限制的，而能夠傳送的距離因人而異。也因爲有距離的限制，所以才需要以軍艦盡可能靠近前線，不然大家就從日本原地出征就好了。小隊長伊東告訴我們，目前可以確認，傳送的距離與成功度，和三件事情有關，一是肌肉無力症狀產生後，多久能夠再次站起，恢復戰鬥狀態；二是視覺記憶的品質，也就是對於畫面的掌握度。第三，最後是手勢，右手的中指與無名指必須放在心窩的位置，就只能是這兩根手指，其他的都沒用。

據說有一人是可以幾乎不受距離影響，自在地穿越萬里，那就是小隊長伊東眞司的親弟弟——伊東眞承，但他爲何沒有參與刺殺行動，就不得而知了。我也沒有勇氣去問小隊長這個問題。

在海上漂泊的第二十五個早晨，一號被通知隔日凌晨即將執行首次正式任務。當天的訓練暫停，我們被允許在艦艇內自由活動。四號約大家一起去釣魚，一號也去了，大約傍晚的時候，一號被前來的小隊長和側寫師帶走，過了晚餐仍沒見到人，直到睡前才出現在寢室。

回到寢室後，一號好像變了一個人似的。他是個理著平頭的矮個子，門齒有點爆牙，好像理所當然綽號就是老鼠。是個有點陰沉愛計較的人，講話很快，但其實人不差，會和大家分享一些色情雜誌。但那晚一號的臉，就像是花枝的墨水般，暗沉了下去。一句話沒說，就睡了。

隔日凌晨，隊員們列隊於艦舷，穿上體面的軍服。那是個月明星稀，連海風都沒有，很安靜的時刻。廣播器播放著激昂的軍樂，但可能擔心暴露行蹤，音樂開得非常小聲。

「一號出列。」小隊長命令。

一號從隊伍最前方出陣，大步到隊長面前，行禮。

小隊長交付給一號六．五公釐有坂圓頭彈五發、手雷一枚、三八式步槍一把、刺刀一把。

大家屏息聆聽著一號將子彈填入彈倉的聲音。

著裝完畢後，小隊長宣讀任務。以隱玉之術滲透前線堡壘，刺殺盟軍將領，榮耀歸於日本天皇。

宣讀完畢後，醫療人員注射藥劑，然後側寫師一個箭步來到一號前方，背對著我們，在一號面前展開一張卷軸。

一號盯著那張卷軸好久，這個期間，廣播器播放的模糊軍樂已重複了三次，我的腳也開始有點痠。

最後一號點了點頭，側寫師將卷軸收起，淋上煤油，當場把卷軸給燒了。

「預祝你武運昌隆！」小隊長喊聲。

「武運昌隆！」我們其餘隊員齊喊。

一號將右手的中指與無名指輕點心窩，消失在夜色之中。

我們以爲一號順利出征了，仔細一看發現他的鞋子竟然還留在原地。

「老鼠不用穿鞋。」有人開玩笑地說。

沒有人知道一號看到的卷軸上到底畫了什麼，更不知道老鼠出征前一晚被小隊長帶走，發生了什麼事。

三天後前線的電報傳來，一名赤腳的士兵在敵方的堡壘中被捕，任務失敗。

艦艇上的訓練繼續進行。一號失敗後，刺殺小隊的隊員們反而振奮。原來一號眞的抵達了前方敵營，只差臨門一腳。我們努力提升隱玉的技術與穩定性，好讓自己在傳送過後迅速進入可戰鬥的姿態。所有人都相信勝利就在不遠的前方。

二號與三號也接連出征。每次出發時，側寫師依然會遞出卷軸，刺殺隊員確認後，就地燃燒。我每次都會仔細看著出征者的表情，試著猜測出卷軸上的信息。通常都是先露出微微訝異的表情，然後再定睛凝視。在解讀的時候，隊員們並沒有一行行向下看，說明著卷軸上應該不是文字。應該還是畫吧？我們心想，就和演習時的畫作一樣。

這一陣子，我也暗中觀察著側寫師。她有著一頭秀麗的銀白色長髮，散發著不可思議的光澤，像是深山裡的絹絲瀑布，據說她的頭髮天生就是這奇妙的顏色。做為艦上唯一的一位女性，每次她的出現都會引起一陣喧鬧，但她本人似乎不太在意。我們不知道她的名字，只是一直看著她在食堂裡優雅地吃著難吃的伙食。

我心裡有個奇妙的感覺，就是這位神奇的女子，我在哪裡曾見過面。外觀乍看之下是一位留奇異銀白髮的瘦小女子，鼻子和唇都小小的，鼻梁附近有一顆小痣。眼睛屬於比較細長型的，瞳孔是迷濛的深藍色，像是落日後不久的晚空。仔細一看還是能看到那面部肌肉的生長方式與一般人有所不同，並不是漂不漂亮的問題，是那臉部表情存在著某種歪斜，一邊的耳垂明顯比另一邊小一些，而這樣的容貌是見過就很難忘記的。

剛來的前幾日，我曾對於側寫師有過性方面的幻想，夜裡在廁所裡看著老鼠給的色情雜誌手淫時，閉起眼也會自然地浮起她的臉。但時間久了，對於側寫師多了一種崇高的敬意，願意屈服於她之下，甚至爲她犧牲的感覺，不好說明，但確實是如此。

二號與三號陸續出征，結果令人振奮。二號成功進入敵方戰艦，往鍋爐裡扔了手榴彈，讓整艘軍艦無法航行；三號潛入高階軍官的家中，成功在夜裡，割下了睡夢中軍官的頭顱。

在等待四號即將出征的前夕，他在睡前找上了我。

「今夜凌晨三時，在左後方逃生艇旁見。」他小聲地告訴我。四號是一位在造船廠工作的老先生，六十幾歲了，很會釣魚。逃生艇後方的小空間，算是我們刺殺隊員私下常常聚集的地方，那裡相對隱蔽，我們常會蹲在那裡抽菸、談事情。

「刺殺的事，有點不對勁。」那晚一見面，四號告訴我。

「怎麼說？」

「你看，這是我前幾天釣魚時發現的。」四號從逃生艇的遮雨帆布下拿出了一隻襪子。他說有一日釣魚時發現一些衣服飄在海上，好像有件我們出征時才會穿的軍服。但用魚線去勾只勾到一隻襪子。

「誰把衣服丟到海裡？」我問。

「不是，我覺得這是老鼠的衣物。」

「一號的？」

「我覺得他隱玉應該沒有成功。」

我把襪子拿起來仔細觀察，的確是我們公發的軍襪沒錯，但要說這就是老鼠出征時穿的那雙，我感覺有些牽強。

「我……不知道，但我們確實可以傳送到小隊長的蒸汽船上啊，按照這個邏輯，我們應該可以傳到前線吧？」我說。

「憑什麼？」

「不就是要看側寫師的卷軸嗎？上面應該有答案。」

「我們成功與否的關鍵就靠那女子的一張紙？」

「那你想要怎麼樣？」我很睏，同時也有點生氣，覺得四號是個儒夫，需要他勇敢時卻如此唯唯諾諾。

「七號，你不要生氣。如果此刻犧牲生命就能確保那敵軍司令的死亡，我義不容辭，現在就可以死去。但問題是，我需要有這個保證，確信我能抵達那個讓我玉碎的遠方。」

「如何確認？」

「我們直接去找側寫師和小隊長，最好是私下，沒有他人的時候。」

我告訴他，我認為問小隊長只是徒勞，他是那種可以將祕密帶進棺材的男人。況且，我完全無法接受「需要確認」這種說法。難道一定要確認子彈能打中敵人，你才扣下扳機嗎？這是機率問題，也是信念的問題。

「七號老弟，我知道你心裡有疑問。那我再告訴你，如果你願意陪我去找小隊長和側寫師，我就寫信請我太太寄送十萬元到你的老家。你不用現在給我回覆，如果你同意的話，明天同一時間到這裡集合。」說完話，四號拍拍我的肩膀後便離開了。

我一個人待在原處，看著滿天的星圖。刺骨的海風吹來，老鼠未乾的襪子在逃生艇的帆布上緩緩滑下。我感覺空氣中的味道有點不一樣了，混入了一些雜質，心中某種醜陋的東西正在膨脹。

# 5 森林中的電塔

月影溪谷飯店在十二月完工，隨即開始徵才，他們並未就地聘用當地人才，而是大張旗鼓地準備在北中南辦了三場大型徵才活動。

我還記得在學校公布欄第一次看到徵才海報的那天。輝煌的建築佇立於一條美麗的溪澗旁，兩位穿著筆挺西裝、套裝的工作人員站在飯店大門處。「月影」二字的出現讓我感覺自己好像活在某種劇本之中，彷彿一切都是安排好的。

「我們只要一流的，全台灣最優秀的旅宿業人才。認爲自己有能力的，就趕緊來吧！」企業的亞洲區總經理在記者會上說道。這話被一些區域的政治領袖抨擊，說月影集團拿了特權開發山林，卻沒有對於社區有實質回饋。但這些聲音很快就被壓下來了。

當時我還有接近半年才畢業，還是鼓起勇氣把履歷寄了過去，應徵正式社員的職務。說要鼓起勇氣其實也不僅僅是未畢業這件事，在我心底，還有兩個黑洞在那裡。每次想起，都會讓我有一種隨時可能會觸發的墜落感。

首先是「另一半的世界」。這個世界的殼看似與原本的相同，人們還是說著一樣的語言、吃一樣的東西、看一樣的電視節目，但我知道那核心的方向已經改變了，黑色大海中的艦艇已經悄悄改變了航向，我很確定。自從被推向這個世界後，已經過一年多，那日之後很多事情陸續發生，不幸與幸運的事，接踵而來，彷彿是早就堆積在這邊一般。而當我穿越那莫名出現在浴室裡的空間時，開啓了某種開關，打開了塞子，事件像是暴雨洩洪的水庫，一湧而出。而佩佩在這一邊的世界裡，是如何生活著？是否還在世上？當時我還不清楚。

這一系列的事件中，最重要的就是發現我得病這事——我的第二個黑洞。一切還是得從穿越的那日說起。

我記得被那位漂亮房務阿姨推出雙門的黑暗空間，從高空墜下，跌落到不知道哪裡的森林中。我不久後馬上發現這個森林好像見過，雖然觀看角度也許不同，但那些樹木生長的樣態有點眼熟。更讓我放心的是，依稀可以聽見車流的聲音。踏著鬆軟的蘚苔，我站了起來，檢視一下身上大大小小的傷口後，拿出了口袋中的手機。手機上顯示的是二〇一三年九月十八日下午五點多，時間還是一樣的，並沒有跳躍或後退，依然是按照邏輯繼續前進著。

一朵烏雲遮蔽了日光，林地暗了下來，開始可以聽見一些夜蟲鳴唱的聲音，我想我應該趕快想辦法離開森林。檢視一下手機的定位，顯示的位置還是在宿舍中，也許是訊號不佳的緣故。

左前臂靠近手腕處腫了起來，稍微轉動會有悶悶的疼痛感，我猜想可能因反射性撐地而受的傷。捧著受傷的手，我緩緩地朝車流聲的方向前進。走沒多久我看見了一座高壓電塔，這座電信塔上有巨葉的葛藤纏繞，靠近一看發現那葉子竟然比我的臉還大。此時天空傳來一聲悶雷，樹叢中一群雀鳥受驚飛起。我拔了一片最大的葉子帶著，若是待會雨下下來，能當作傘。

這座電塔從我宿舍的西側可以望見，自一片人工林中探出頭來。天晴在頂樓曬被時，常常看見塔尖有猛禽棲息。我知道此時自己離宿舍不遠，應該不久就能接回一般道路。

我就讀的科大與其宿舍在城市的邊陲，一條高速公路從大學的中央穿越，將學校隔成東側西側兩區，宿舍是位於稍微繁榮一點的西側，每天上學必須穿過陸橋到另一側的教室上課。在這，有一間便利商店、兩間機車行、三間早餐店、一間影印行。西學區和這些店鋪被一條環狀的灌溉溝渠包圍，像是護城河一般。在河的另一側，便是森林。課堂上有教授介紹過這座森林其實是國營企業與國家合資共同開發的人工林，但由於缺乏妥當的疏伐與管理，現在的狀態有點尷尬。前陣子還有人把車子開到林子裡面自殺，過了一個禮拜才被人發現，占據了一小角的社會版面。

繼續在森林中走著，可能因為知道自己不是掉到什麼遙遠的異地後，比較踏實了一點，卻也仍因為剛才過於衝擊的事件而餘悸猶存，腦袋繼續在高速運轉著。我強迫自己停下來歇息一下，喘口氣，不然無力的症狀可能會發作。而就在這佇立的片刻，不遠處突然傳來巨大的聲響，像是金屬撞擊的聲音。接著是樹木倒塌時枝幹刮過其他樹皮的噪響，然後「砰」一聲地壓在林地上的厚實悶音。

「接下來會很辛苦喔。門的另外一邊是另一半的世界。」我想起房務阿姨說的話，知道挑戰還在前方。

我順著聲音來到人工林的邊界，這裡沿陡坡上去是宿舍後方的山道，這條道路平常很少車流，除了寺廟的工作人員外，只有在梅花季的時候，一些遊客會到山頂的寺廟去賞花。森林的邊界是茂密的雜木叢，可以看見零星從上方拋下來的垃圾。再走一小段後，發現一輛機車。龍頭潰縮變形，大燈破了，一地的機油，陡坡上有劃過的土痕。仔細一看，這台機車不是我的嗎？確認一下車牌，果然沒錯。就在我還在消化這一切代表什麼時，坡頂的道路處傳來有人喊叫的聲音，模糊地大喊著什麼。

難道我發生了車禍，跌落道路邊坡？然而我沒有任何騎車出門的記憶，我的機車照理來說，此刻應該是停在宿舍地下室的停車場。而且剛剛一路走過來花了那麼久的時間，車禍拋飛再怎麼遠，也不可能離車子有這麼長的距離吧？難道是有其他人把我的車子騎了出來？還是說這是「另一半的世界」的安排？

雨降下來，如濃霧般很激烈的雨，救護車的鳴聲靠近，好像有搜救人員要下來找人了。我突然明白一件事，也許不要把自己穿越雙門黑暗空間的事說出來比較好，若是被當成什麼精神不正常的人就麻煩大了，而此時眼前不就是一個很好的藉口嗎？

我馬上開始動作，先是在地上滾了幾圈，弄得一身泥巴，盡量讓自己看上去有跌落邊坡的感覺。再拿起一顆粗糙的石頭狠狠朝自己四肢刮了幾下，然後走到離車子不遠的草叢裡躺著，閉著眼睛，等待救援。

躺在草堆中，雨滴不斷打在我的臉頰、眼皮上，刺刺麻麻的。我便拿起剛剛摘下的葉子蓋在臉上。聞著雨混合著草莖的清甜氣味，我想起第一次無力發作的狀態，在高中宿舍的車棚下，然後Seliyap出現拯救了我。不幸與幸，同時存在，但我需要內心真的有想要被拉一把的覺悟。我想，有時候讓人背著走一段也不需要那麼自責。

「找到人了！」有人大喊，好幾道手電筒的光束穿越雨絲，照在我身上。

我被綁在有頸部固定的背板上，以人工接力的方式，拉回了路面，上了救護車，來到醫院。在救護車上我睜開眼了，看著醫護人員清理我身上大大小小的傷，心裡有些內疚。來到醫院後，做了許多檢查，照了X光發現我左手臂骨裂，醫師用石膏幫我固定。

在病床上等待進一步的報告時，我從口袋中拿出手機，做了一件我很久沒做的事。打開社群媒體的APP，拍了一張石膏的照片，打了一段文字：「騎車摔到，哈哈，好慘。」上傳圖文後，我馬上又把手機收了起來，開始煩惱若根本沒人理我，看起來會多可悲。

我回頭望向急診留觀區的窄窗，從那裡可以看見一小片灰色的天空和對面商辦大樓的水泥牆。

這裡就是「另一半的世界」嗎？我心想。看上去跟原本的世界沒什麼改變，但自己確確實實是從一個奇妙的空間穿越了，受了傷也是真的會痛的。我有一種突然轉學來到新學校的感覺，對於過去的一切有點懷念，也對於即將抵達的未知有點害怕，同時好奇。

我突然想起妹妹佩佩。也許，在這一邊的世界，妹妹仍活著，我們能修補關係，或是我可以更坦率地去找她，和她見面。

幾分鐘後打開手機，發現貼文下面滿滿的留言。很多根本沒說過話的大學同學都來關心，然後右上角的對話框出現通知，點開，發現是 Seliyap，她只問了一句：「妳人在哪？」

當天下午，Seliyap 來到醫院。看見躺在病床上的我，她插著腰，歪著頭露出了「妳又在搞什麼麻煩事了？」的表情。我聳聳肩，也笑了。

「這次我沒辦法背妳了啦。」Seliyap說。

Seliyap穿著橘色的細肩Bratop，白色罩衫，下半身則是一條MIZUNO的排球短褲，髒髒的帆布鞋。她露出兩條修長黝黑健康的腿，提著一個大水壺，一副就是蹺課出來的女大生。

還來不及跟Seliyap好好敘舊，主治醫師來了。來的不是急診的醫師，好像是從樓上病房被叫下來的醫師，神經內科的。

「聽急診護理師說，妳是騎車的時候突然無力，沒辦法煞車所以才出車禍的嘛？」醫師問。

「啊，對。」我回憶起剛剛臨時想到的謊言，頓時覺得有點心虛。雖然沒有眞正發生，但其實這樣的狀況是完全可以預料的。自己一天到晚無力的狀況也不是第一次發作了，以前也眞的有騎車到一半，脖子抬不起來，必須在路邊休息的情形。

「她常常這樣，有時候會突然很累。」沒想到一旁的Seliyap突然插上一句。

醫師繼續詳細詢問我無力的狀況，幫我做了肌力的簡易檢查。我和Seliyap像是回憶往事般，講述過去那些莫名夜咳、疲憊、無力的狀況。

最後醫師看著記錄的病例，點點頭問：「蘇小姐，妳有做過重症肌無力的檢查嗎？」搖頭。這是我第一次聽見這個病名，下意識地複誦了「重、症、肌、無、力。」發聲的肌肉彷彿還不熟悉這些字的唸法，非常緩慢且彆扭地收縮。念了幾次，肌肉像是要準備冬眠似的，感到非常疲憊。

醫師排了時間，說門診會看驗血報告，再幫我安排進一步的檢查。

就在這樣莫名的情況下，我發現了自己疾病的原貌。

醫師離開後我和Seliyap面面相覷，並肩呆坐在床邊。後來Seliyap說她有點累，能不能借我的病床躺一下。她說昨天跟朋友唱了一夜的歌，唱完就直接去上早上八點的課，下課回家正要補眠的時候又看到我的貼文，衝了過來。我笑問她到底誰才是病人？同時也在心中暗自佩服這樣的行動力。

最後我們兩個一起窩進被子裡，我身上還有雨和泥土的味道，Seliyap身上則是淡淡的菸味。Seliyap耳朵上的輔聽器換了，看起來更輕巧好看，Seliyap也變漂亮了，瘦了一點，散發著自信的光暈。

「我爸爸死掉了，現在又得了這個病，怎麼辦啊？Seliyap。」

「妳是一直都有這個問題，不是剛得到。而且，妳爸不是很早就沒再聯繫了嗎？」

Seliyap發音更熟練了，不仔細聽可能不會發現有異樣。

「嗯，只是呢，總覺得有點害怕，好像突然變到另外一個世界一樣。」

Seliyap沒有回應，看上去好像睡著了。

「但我覺得，只要我保持著初心，自己內心就不會動搖。不管誰死掉、得了什麼怪病、佩佩去了哪、世界變成什麼樣子，我都還是我啊。所以，Seliyap，我還是要努力，超級努力。我要成爲全台灣最大飯店的老闆，妳知道吧？」

我從被子的縫隙望向Seliyap，看見她胸口安穩的起伏，看見她微張的唇。

那是如惡作劇般淡淡的吻，很輕很短，如初秋清晨下在市郊的雨。我和Seliyap像是樹洞裡的小動物，安穩地睡去。

# 6 檸檬

第一波寒流南下前，左手的骨裂復原了。那時我已經搬離原本被灌溉溝渠與人工林環繞的宿舍，搬進了有社區保全、門禁管制的新社區。會這麼做，當然是因為那群闖入宿舍的男人們。即便現在知道可以在緊急時刻打電話尋求幫助，自己能做的事還是先盡力做好，我的個性就是這樣。

從秋天到隔年畢業，我都一直住在這個新社區。這間位於重劃區的租賃處，沒有附家具，我拿著學校的獎助學金，大致上生活也過得去。大樓蓋在一區填海造陸的新市鎮中，冬天開始的時候，有很多過冬的鳥會撞上北面的窗，死在種著白水木的陽台上。

我後來家具、衣服都買得很少，因爲畢業後就又要搬家，房子維持著空盪盪的狀態，沒有電視也沒有沙發。餐桌上永遠擺放著肌無力的藥，以及練習呼吸用的三球式呼吸器。這段時間裡，我也積極地在準備月影溪谷飯店的考試及面試，希望能順利錄取正式社員的管理職位。我知道自己缺乏實務經驗及資歷，但拚了命疊出來的好成績，以及師長們的推薦信讓我仍有一點點信心。

正式社員的考試過程很長，書審通過後，才會接著第二階段的考試與面試。我的書面審核順利通過，接下來就是要準備由日籍的招聘主管與台灣經營方的團體面試，以及外語和飯店經營管理的筆試。這些都通過後，才有機會進到月影溪谷飯店工作。

不知道是自己給的壓力太大，還是心理上對於未來的不確定性，抑或是肌無力確診後的徬徨，在新社區大樓裡的日子，我常常做惡夢。

第一次的惡夢來得又急又快，那是一個寒冷的夜晚，我裹著毛毯坐在客廳的地上讀書，我一直讀到聽見市郊的堤防定時洩洪聲，才知道已是凌晨兩點。沒有洗澡，直接鑽進被窩裡。

我隱約知道自己可能這一覺會睡得不太安穩，但沒有預料到會做這麼恐怖的惡夢。簡直像是一頭巨獸，突然從黑夜裡飛出來，自窗子進入我的夢境裡。

再一次，我回到了月之河 Motel 的雙門空間，但空間裡沒有別人了，除了一張準備餐點用的小木桌之外，只有我自己。潮濕的空氣裡有尼古丁和灰塵的味道，兩側的門縫下都沒有光。

突然有一個聲音。

「不要開門。」

是一個女孩的聲音，不帶感情地說。

「佩佩？」我花了一點時間才辨認出妹妹的聲音，因爲記憶中，妹妹的聲音總是充滿朝氣。

「姊姊，不要開門。」聲音是從房間門的另一頭傳來的。

我低頭想從門下縫隙窺視對面，才發現縫隙被人用膠帶封了起來。

「妹，你在對面嗎？不要害怕，我來救你了。」我對著門喊。

轉動把手，發現門從房間那頭鎖起來了，用力敲了好幾下也無人應答。胸口有一股寒意，感覺很糟糕、很不好的事情發生了。

「還在嗎？佩佩。」這次無人回應。

我用全身的力氣去撞，還好不是非常堅固的門，第一下撞擊後，我感覺這扇薄木門已開始變形。

大概撞到第四下，門的一角便完全向內凹陷，我側著身子擠進了房間。

一股難聞的氣味傳出來，味道很濃，即便閉氣，眼淚還是止不住地因刺激而流下。

還是那個熟悉的房間，有按摩浴缸可以全家一起泡澡，也有一台安裝KTV系統的電視。所有東西都比印象中小了一號，可能是因爲長大的關係吧，我想。

房間沒開燈，窗簾也拉了起來，所有的縫隙都被膠帶封死。

兩雙蒼白無血色的腳從被子下露了出來，是媽媽和妹妹。床腳處有一個簡易型的烤肉架，沒有火苗，木炭看上去已經熄滅一段時間了。空氣冷冷的，沉默令人窒息。

「姊姊對不起。」

妹妹一次又一次地說。

同樣的夢境出現了好幾次，每次醒來我都感覺到枕頭濕濕的，身體很沉重。第七天的早晨，我搭了巴士前往市立圖書館。有時候，我會在市立圖書館三樓的閱讀區讀書，大多時候一坐就是一整天。但今天我直接前往地下一樓的讀報室，把二〇〇五年十二月到二〇一三年，與佩佩失聯後的地方社會版報紙調閱出來，一篇一篇地掃過標題。

我想知道母親與佩佩到底怎麼了。

這間圖書館其實離我的老家很近，小時候也曾和佩佩來這裡借故事書回家讀。我還記得曾和妹妹一起坐在圖書館小花園裡的長椅上，吃著鬆餅，一起讀故事書。如今鬆餅店倒閉了，妹妹也不知道去了哪。

找了一個早上，感覺閉起眼睛都是報紙黑白字的殘影，鼻腔裡滿滿的油墨氣味。讀報讀到頭昏昏脹脹的，只好休息一下，下午再繼續搜尋。我獨自一人坐在花園長椅，吃著自己準備的雞蛋沙拉三明治。

實際看過那麼多的社會新聞標題，才眞正領悟到死亡離自己有多近。每天都有人從這個世界離開，車禍、疾病、蛇咬、情殺。這些東西其實時時刻刻都在發生，我竭力尋找的，只是這死亡巨浪當中的一粒細沙。

「是……靜瑜嗎？」一個男子的聲音把我從沉思中抓回原地。

我抬頭一看，是一張熟悉的臉，一位穿著格子襯衫的斯文男生，戴著圓形金邊眼鏡。

「我是〇〇國中三年十五班的子逸……妳應該是靜瑜吧？」

「啊，子逸。對，我是靜瑜，好久不見了。」一時間沒認出來，可能是高中後就沒見面了，印象比較模糊。

「我現在是這間圖書館的員工，其實見過妳幾次，但妳好像都在讀書就沒打擾。今天我剛好輪到在B1值班，看妳拿了好多報紙，是在找什麼資料嗎？」子逸國中時是桌球校隊成員，印象中拿過縣立比賽的團體賽冠軍，沒想到他居然會找這麼文靜的工作。

「我在找我妹妹的資料，跟她失聯一陣子了，想從報紙裡找線索。」我老實回答。

「跟我猜得差不多。妳這樣太慢了靜瑜，我們報紙其實開始數位建檔了，從我這裡搜尋會比較有效率。」子逸說道。

我對於突如其來的善意感到不可思議。

「我很樂意幫忙，這是我的工作嘛。但若是不想要我介入，也是OK的喔。」

「那就麻煩你了。」我對子逸微笑，感謝他。

我跟著子逸到了二樓職員室，走上樓梯時我看見他健壯的小腿肚。

「還有在打桌球嗎？」

「妳還記得呀？」子逸笑著說現在還是和同事打乒乓，今天下午會在圖書館後面的遮雨棚下練球。

子逸坐到電腦前，打開建檔軟體，將搜尋範圍限縮至本市新聞，打入佩佩的名字。沒有結果。

「這很常見，新聞通常不會寫全名。還有其他線索嗎？」

從市立圖書館的二樓可以看見一排古老巨大的松木，松木後方是一片檸檬樹的果園。

「可以幫我搜尋：單親母女、月之河、汽車旅館、燒炭、自殺嗎？」我小聲地說，感覺這些字眼不適合在週間安靜的圖書館裡出現。

子逸的表情更加嚴肅了，他沒說話，直接打下這些關鍵字。

很快就出現了幾條新聞，但匹配度最高的是：

〈社會悲歌！年輕單親母，攜女至汽旅燒炭，發現時為時已晚。〉

——民國九十八年七月二十九日

「這裡只看得到標題，內文還是要去找報紙。」子逸邊說，邊將報紙的日期、版數抄寫在一張便條紙上。

「謝謝你，子逸。」

「抱歉，我不知道是這樣的事。」子逸小聲地說。

其實心裡早就做好準備了，看到新聞標題時，只是在空白試卷填上答案而已。也許此刻多了一份後悔，當初爲何沒有早一點與妹妹聯繫，更積極一點，更努力一些。

我找到了那份民國九十八年七月二十九日的地方報，在社會版的一小角看見了熟悉的汽車旅館，雖然招牌被遮了起來，但那奇異的地中海造型無疑就是月之河Motel。

昨日凌晨，單親母攜國中女至知名汽旅住宿，隔日退房時無人應門，負責人與警方一同進入房間後，發現房內門窗緊閉，地板上有一簡易烤肉架，母親床邊亦有大量疑似安眠藥物。母女被緊急送往市立醫院救治，到院前母親已明顯死亡，而十二歲女童仍在搶救中。

新聞就只有這樣的敘述，和一張月之河的黑白照片。

七月二十九日，再兩天就是佩佩的生日。或許，她們就是去那裡慶生的吧？想到這裡，又覺得更寂寞了一點。

找了一下幾天後的報紙，並沒有後續報導，那位送到醫院搶救的十二歲女童最後怎麼了？沒有答案。

我將報紙影印起來，帶了一份副本回家。

走出圖書館時已是傍晚，不知道從哪裡傳來乒乓球的聲音。起風了，穿過檸檬樹林的風有點酸酸的味道，松針迎風搖曳，樹影斑駁的光線處，有一對姊弟在樹下練習直笛。

「弟你都亂吹一通。」年紀較大的女孩說。

「因爲風酸酸的，我眼睛張不開嘛。」

「哪有這種事？」姊姊用直笛戳了一下弟弟的肚子。

姊弟在樹下打鬧了起來。

我想起了佩佩，想到自己永遠也沒辦法和佩佩這樣相處、吵架、長大，心裡也覺得酸酸的。看到報紙新聞後，那份「永遠無法」的刺痛感又更加深刻了。

「等一下我要跟爸爸說妳都欺負我。」

「那我要跟媽媽說你都不認眞。」

我低著頭往市立圖書館的出口走去，手中緊握著報紙的影本。想起了佩佩在夢裡，一次又一次地對我說著：「姊姊對不起。」

我加快了腳步，不想讓任何人見到，我滿臉的淚水。

# 7 冷雨和側寫師

出航後的第三十六天開始下雨。

當雨下在海上時，我總會懷疑到底世界上哪來那麼多的水，好像永遠沒有盡頭似的。海象不佳，很多訓練改在室內進行，課程多為近身格鬥與短距離射擊作戰等訓練。也因為在室內，有更多機會見到側寫師。

跟四號談完的隔日，我沒有赴約，等於是拒絕了他的提議。

但那番談話確實讓我有所動搖，「隱玉」到底是什麼？前面出征的隊員遭遇了什麼狀況？側寫師的卷軸上有著什麼暗示？剛上軍艦的時候，馬上遭遇暈船、訓練，以及大量的知識灌輸，根本沒時間思考這些。但隨著身體漸漸適應，腦袋瓜也開始有一些空間去處理別的事了。

躺在床上想著這些的時候，總有莫名的罪惡感，彷彿自己成了一位軟弱的士兵，質疑著長官的命令。某種程度上，四號的那些話，就像是伊甸園中的蘋果，咬了一口之後，就永遠，無法回頭了。

「我是七號，前面是六號，後面是八號。我要透過隱玉刺殺敵國司令，將榮耀帶回日本帝國……我是七號，前面是六號，後面是……」睡前，我都會默念這句，像是咒語般，讓我能夠入眠。

這幾天都會看見戰機從海平面低低的飛過，我不確定那是敵軍的戰機還是我方的，但那時軍艦會關閉一切能源，全艦宵禁。

有一回在食堂吃晚飯的時候，又有軍機來襲，突然所有燈火「啪」一聲地熄滅。大家一陣抱怨，說著又來了，怎麼吃飯啊。

「所有人安靜。」是小隊長伊東眞司的聲音，他沒有說得很大聲，卻威懾力十足，大家馬上恢復秩序。

在黑暗中，大家抬頭聽著軍機的引擎聲撕裂夜空。震動使鐵匙在陶瓷馬克杯中發出微小的聲音。

突然，在闇黑深處，我清楚感覺到有人正在凝視著我。那是再清楚也不過的感受，若視線是如棉線的實物，我也許能順藤摸瓜找到對方。然而當眼睛適應黑暗後，那裡卻見不到任何人。老實說，最近我一直有被某人看著的感受，在甲板上慢跑的時候、傍晚演練的時候、在食堂吃飯的時候、睡覺的時候……。我曾懷疑過四號，畢竟他在等我的答案，回復他是否願意一同質問小隊長與側寫師。但我很快就排除了他的嫌疑，因爲那視線不帶有任何惡意，是很純粹的東西，甚至可以說帶有一種懷念的氣息。

這段日子，我們一直在等待四號出征的時刻，但不知爲何，始終被耽擱。四號每次見到我都會使一些眼色，起初他會挑眉，彷彿我們之間有什麼有趣的小祕密；到後來轉爲有點不耐煩，甚至生氣的表情。我沒理他，除了那不知名的視線外，我也常常想起側寫師。

我會想起她專注畫著素描的臉，想起她側著頭，銀白色的髮絲從臉的一側滑向對側。很久沒這樣的感覺了，與其說是同年紀的初戀，更像是偷偷喜歡上比自己年紀更大的老師。我沒機會和她說話，這是被小隊長禁止的，而且大多時候我們都是團體行動，很難有機會和她單獨見面。

廁所裡，老鼠的色情雜誌還在那，但我已經不去看那些，因爲會有強烈的罪惡感，好像糟蹋了這份純粹的情感。

我最終還是跟側寫師說上話了，但那是一場尷尬的意外。

一次演習，小隊長在蒸汽船上燃放橘煙後，我們如常被注射藥劑，然後畫作被擺放在我們面前。這次的畫作是一幅風景木版畫，描繪的是穿著夏日浴衣的一對情人，在月光下，漫步在綿延的海灘上。我望著畫作大約兩分鐘後閉上眼睛，開始構築腦海中的風景，那對戀人仍在海灘上走著，他們腳邊有一隻小白狗，興奮地在戀人前後來回奔跑著。我聽見浪打在沙上的聲音，聽見海風吹動松針的聲音。我把中指與無名指移動到胸前的那一刻，那畫中的女孩竟轉頭望向我，是側寫師，她正淺淺地笑著。

下一秒，我意外地被傳送至側寫師的房間。

雖然沒有眞正來過這裡，但我馬上知道這是她的寢室，沒有一絲懷疑，甚至有一種說不清、模糊的熟悉感。深吸了一口氣，錯不了的，這就是每次與側寫師擦身而過時，她後頸混合著顏料與白花香的氣味。

這是一間堆滿畫作的房間，畫作被布蓋著，一幅幅放在折疊木架上。透過房間唯一的窗，還能看見小隊長蒸汽船上的橘煙，在細雨中飄散。幽暗的畫室中，塵埃被窗子斜射的光點亮，有股奇妙的氛圍。

此刻，側寫師正坐在房間中央的一張木板凳上，她穿著一件灰色無袖長洋裝，上面沾滿顏料，沒什麼剪裁，像是一塊窗簾布隨便挖了兩個袖口。銀白色的長髮用緞帶束起，從左肩垂落。她望著我的角度，與剛才畫作中沙灘戀人的角度相同，只是此刻，她沒有笑容。

「你不能在這裡。」她不帶感情的說。

「我……對不起。」字句在我的嘴巴裡打結，下意識道了歉。

「請你離開。」側寫師伸手去拉了一下牆上的紅色拉繩，走廊的警報器響起。

「請告訴我妳的名字，拜託了。」我伸手想去抓住她的肩膀，卻被一手推開。

「再靠近我就殺了你。」側寫師從畫架上拿下一把手槍，槍口直直地指著我。

當我望向那槍口，心中沒有恐懼，雖然心臟跳得很厲害，我還是勇敢地向前踏去。我從敞開的袖口看見她乳房的輪廓，再抬頭看見她臉上的紅暈。最後我把槍口握住，將冰冷的金屬貼在胸口。

我知道這些行爲根本不能用勇敢來形容，甚至可以當作一種下流的無賴，但我也不期待被誰理解，因爲此刻，我感受到一股強烈的引力，而漩渦的中心，是這位眼前的女子。側寫師的唇震動了一下，我知道她下一秒就要告訴我她的名字，但在說出口的前一刻，房間的門被打開，五六名水手衝進房間將我制伏。

「七號你在做什麼？」是小隊長的聲音，我整張臉被壓在地上，只能看見他發亮的軍靴。

「報告小隊長，『隱玉』失敗，傳送錯誤。」我模糊地說道。

「帶出去。」小隊長命令。

我被兩位水手從腋下抬起，一起身發現我正對著小隊長的臉，兩人的鼻尖只有一顆拳頭的距離。

「我再說一次——」小隊長瞪著我。

步槍的槍托重擊我的腹部，讓我痛到喊出聲，血從胃裡逆流上來。

「刺殺隊成員不准接近側寫師，聽到了嗎？」這是一登艦時，小隊長下的命令之一。

「嗯。」

槍托再次重擊我的腹部。「我問你聽見了沒有？」小隊長對著我的右耳大喊。看來伊東眞司說的「當作不認識、沒有特別待遇」是貨眞價實的。

「聽見了！」我大聲回應。

「好了，不要再打他了，他沒對我做什麼。」側寫師說道。

我抬頭看向她，她雙手壓在胸口，像是在祈禱一般。

「早知道不要拉緊急求救的繩子了，你們全部跑進來我反而更困擾。」

「不好意思，我們現在立刻離開。」小隊長馬上道歉。

「這位讓他留下來，我要跟他說話。」

「咦？」我跟小隊長異口同聲道。

「有什麼問題嗎？佐野先生留下，你們其他人離開。如果擔心的話，留一兩個人在門外守著吧。」側寫師說。

小隊長沒回應什麼，點點頭後就與其他人迅速離開了，留了人守在門外。小隊長最後看了我一眼，那眼神我一時間有點搞不太清楚他的涵意，不是生氣與責備，而有一種微妙的嫉妒或是什麼，太過短暫我無法捕捉。

眾人離去後，我們陷入一段沉默。透過窗子能聽見其餘刺殺隊員在甲板上操演的喊聲以及如背景音般的浪濤。

「要喝水嗎？」側寫師說道。

「嗯，謝謝。」想用水沖掉口中的血。

側寫師從窗邊小木桌上鋼製水壺倒了兩杯水，她望著窗外將自己那杯喝完。橘煙已經熄滅了，夕色透過玻璃折射，在她的臉頰上投射出一道微小的彩虹。她又倒了一杯，拿著兩杯水走過來。

「佐野先生，隱玉失敗了？」

「是……側寫師，您怎麼知道我的名字？」

「我當然知道你的名字，知道你來自哪裡，也知道你的疾病。知道這些是我的工作。」

側寫師又沉默了一陣，然後繼續說道：「請多多指教佐野先生，我是川瀨靜子。」靜子邊說邊將畫布拉下，露出了後面的畫作。

那是一張會議室的畫。畫作中，會議室的牆上掛著戰略圖紙，中間是一張深色木頭的桌子，桌上有著小小的國旗，總共有八張椅子，房間被兩盞鎢絲燈點亮。

「在這艘艦艇上，發生的事，我大致都知道。」靜子小姐望著那幅畫作說。

「但靜子小姐不知道我會來這嗎？」

「如果連這個都知道就太奇妙了，但我的確在等你來找我，只是沒料到是這種形式。我啊，基本上還是個害羞的畫家。」

「等待我來？」

「是的，我一直在等待佐野先生。」

「要我來……做什麼？」

「看畫啊。」靜子淺淺一笑，接著說：「這是預計給四號出征時看的畫，但始終沒辦法完成，佐野先生，你知道是爲什麼嗎？」

我盯著畫作看了好久，是一幅很高品質的畫作，靜子小姐無疑是一位優秀高明的畫家，我同時感覺得出這幅畫講求的不是寫實，而是最大程度上對氣氛與意境的展演。原來這就是出征時在卷軸上的圖案嗎？親眼見到的時候，總覺得有點不可思議。

「人嗎？畫裡沒有人。」我想起至今看過的畫，大多有人的身影。

「參加會議的人，我們已有所掌握。」

「所以你是說，參加這場密會的人，當天會怎麼分布在這八張椅子，你不確定？」我回應。

「是的。」

我又看了畫作一會兒，平時訓練的肌肉記憶湧現，我開始將畫面刻印進腦海，桌面的紋理、閃爍的黃燈、地下室的霉味……。感覺靜子的畫，可以非常容易地讓隱玉順利展開，除了對於細節的掌握，甚至達成了某種比照片更容易讓腦袋吸收的力量。

就在我下意識準備將右手的中指及無名指，放在心臟位置的前一刻，靜子抓住了我的手。

「幹什麼？現在過去，敵人還沒開會呀。」靜子笑了出來。

「抱歉……太習慣了。」我摸了摸後頸，繼續說：「想再請教妳，靜子小姐，所以妳是負責畫出前線戰況的畫作，讓我們能藉由畫作實行隱玉？但妳是怎麼知道要畫什麼的？」

「透過情報和預感。」靜子雙手捧著瓷杯，像是呵護著某種小生物般。

「具體是？」

「在前線我們有一些眼線，可以當作是間諜吧，會定期用加密電報給我們一些信息、情報。例如司令什麼時候會跟誰吃飯、開什麼會、乘坐什麼交通工具。偶爾會有一些冒著生命風險拍攝的照片，但那都非常非常稀少。」

「就靠著這些情報，妳就能畫出畫作？」我問。

「當然不是，這可不是誰都能勝任的工作啊，佐野先生。」

「對不起，我沒有要貶低妳的意思……」這時門外傳來兩聲敲門聲。

「時間差不多了。」是小隊長的聲音，原來他還沒離開。

房間不知道何時變冷了好多，應該是日落後的寒意。小窗外，晚空由深紫漸層爲寶藍，海平面盡頭有一道細細的白。

「佐野先生，我就說重點了。今天會把你留下也是因爲預感的關係，我一直有這樣的能力，從小就能預感到一些身邊即將發生的事物，也就是因爲這樣，才被選中成爲側寫師，當然繪畫的技術也是考量之一。透過有限的情報去試圖預想敵軍的下一步，然後在畫作上盡力呈現那樣的氣氛。」

「那在你的預感中，有我的影子？是我刺殺成功了嗎？」我趕緊追問。

「並不是那麼直接。我的預感是，接下來你所採取的行動，會非常大程度地影響刺殺的成功與否。而這部分需要佐野先生的參與。但你突然出現還是嚇到我了，一時慌亂拉了緊急繩。」靜子每次提到我，眼神都會飄向我，閃爍之中，好像有什麼東西。

「我要做爲四號的橋梁嗎？」

「這是第一步。」靜子再次掀起畫布，繼續說道：「老實說，之前都不讓你們看到畫作，就是要減少畫作暴露的次數。在我們有限度的測試中，發現畫作愈是沒被看過，專一性會更加明確，隱玉的過程也會更順利。」

的確，眼前這幅畫作，方才刻印進腦海的過程非常順暢，身體也本能地期望著能夠進入那個狀態。

「需要我把四號帶來這裡嗎？」

「是的，佐野先生，麻煩您了。四號這位先生……有點麻煩，總之，請把他帶來這裡，我感覺到他對我的不信任。如果佐野先生有困難也提早跟我說，小隊長答應我若是有人不配合，可以使用強硬手段，但我並不想這麼做。」

我原本想告訴靜子小姐，四號說若我能帶他來這裡，他會給我十萬元的事，但話到嘴邊又吞了回去，我想靜子小姐應該已經知道了。

「我明白了，我會盡力說服四號來到這裡的。」

靜子猶豫了一會，深吸一口氣，盯著眼前空氣中的一點，思考著什麼。就在這寧靜的片刻，門被推開，小隊長敲了敲手錶，用手勢比劃要我出去。

我點了點頭，起身準備離開。就在此時，靜子抓住了我的上臂，我回頭看見她泛著紅暈，她貼近我的耳邊，用慎重的口氣說道：「再麻煩您一件事，到我通知您之前，請您先禁慾，避免自慰或是與他人發生關係，任何性別都一樣。」

有點難以置信，「禁慾」二字居然從她的口中說出來，我用口型複述了一次，她點點頭。

我帶著困惑離開了靜子的房間，走到了甲板上。太陽已經完全隱沒在海平線下方，晨昏星在迷濛的水氣中閃耀著，一些銀色的小魚貼著軍艦伴游。腹部遭槍托重擊的地方還是隱隱作痛，我靠著圍欄邊乾嘔了幾下，什麼東西也沒有吐出來。但比起身體的疼痛，更困擾我的是側寫師靜子所述的那些事物，我感覺四號在聽完靜子解釋原理後，應該會更不信任這套技術了。但這不是我現在應該煩惱的事，我該做的，就是趕緊帶四號去找側寫師靜子小姐，然後在靜子小姐給予我命令之前，保持身體的潔淨。

我走到救生艇旁，發現老鼠的襪子還在那邊，已經完全乾了，被人壓在粗繩下方。

隔日清早，四號消失了。

起初大家以爲他是去釣魚，或是跑去哪裡遛達，沒當一回事。早上的晨練沒看到他，小隊長立即下令全艦搜索，幾乎要把整艘船翻了也沒看到他的蹤影。

寢室裡，四號的床位仍是平時的模樣，釣竿放在床底下，衣物摺疊整齊放在床尾櫃，完全沒有打鬥的痕跡，更沒有留下什麼字條。

然而在他的床板的夾層中，發現了一把M1911半自動手槍，彈匣裡仍有四發子彈，近期沒有被擊發過。沒有人知道四號怎麼把槍帶來軍艦上的，更不知道他的目的爲何。我很慶幸沒有和他一起去找小隊長和側寫師，不然極可能會發生很嚴重的事。

大家猜測他可能落海了，但仔細搜索後，也沒發現相關的痕跡。昨晚海象平靜，沒有人發現什麼異常之處。

我看見側寫師腳步急促地，步過走廊，去和小隊長說話，兩人的表情都十分肅穆。

當天的訓練全部暫停，所有人員於崗位上待命。船員們被輪流帶去與小隊長或是艦長單獨訊問。訊問的房間位於輪機房深處的一間值班室，從地板到天花板都是堅硬的鋼板，沒有窗，僅有緊急照明用的水銀燈亮著。訊問的時候，門由外側上鎖，兩名持槍的水手駐守於門外。

訊問我的是小隊長，他首先問我昨天晚上九點到今天凌晨四點在做什麼。我誠實地告訴他，跟側寫師談話完，在甲板上吹了吹風，然後就回房間休息了。

「她只跟我說要見四號一面，要我帶他去。」

「那你去找他了嗎？」小隊長低頭寫著字，在陰影裡看不清楚表情。

「報告小隊長，還沒有機會跟他見面，今天四號就消失了。」

「佐野健治，請問你上船艦之後，有用任何通信形式與外界聯繫嗎？」

「我遵守著賦予我的命令，未與外界通信，也未曾透露我與您的關係。」

小隊抬起頭看了我一眼，又低下頭，筆尖懸空在紙上片刻，又繼續邊寫邊說：「肚子還疼嗎？」

「肚子？」

「上回在側寫師的房間。抱歉啊，同鄉，我有非做不可的理由。」

「是因爲要保護側寫師嗎？」

「佐野健治，今天是我來問問題。」

「是。抱歉，長官。」

小隊長站了起來，右腳的義肢在鋼板上刮出刺耳的金屬摩擦聲。他咳了兩聲，將他剛剛寫的紙，從桌子的另一頭推了過來。

紙上面寫著：

有錄音，別說話。

相信你。

有間諜，小心。

「好的，佐野健治，你可以走了。」小隊長提高音量說話，用力敲了敲門，然後迅速將紙條收進胸前的口袋中。

「謝謝小隊長。」

我們在中午前將軍艦調頭，沿原航線搜尋，希望可以找到四號的蹤影。

當天下午我又跑去找側寫師，但敲了好幾下門皆無回應。我喊了她的名字，也把耳朵貼在門上，房間裡靜悄悄的，完全沒有人活動的跡象。

全員輪班在甲板上拿探照燈搜尋落水人員。入夜後進入雨區，大大增加了搜救難度，我們穿上雨衣和救生衣，在大雨中朝黑暗投射光束。

輪班空檔我們刺殺隊員與部分的水手們集中在食堂裡，廚師們煮了一大鍋番茄熱湯好讓我們暖暖身子，大家討論起四號到底上哪去了。大部分人的想法是，四號臨陣脫逃，出征前被恐懼征服，跑了。還有人說，四號的本業是造船，應該是有人夜裡開船來接應。有人覺得四號還在船上，只是非常巧妙地隱身起來了。當然也有一些更天馬行空的想法，猜測敵方也掌握了隱玉的技術，反刺殺我軍。

五號與六號面色鐵青，兩人在食堂的角落，背對著大家在小聲地議論著什麼。

軍艦緩慢地在雨夜中前行，在凌晨四點左右抵達推測四號最可能落水的區域。我們將所有的小艇下海，展開更細緻的搜尋。我跟小隊長和另外兩名水手登上了蒸汽船，擴大搜尋的範圍。

「喔伊——」隊長拿著大聲公，朝雨霧的深處喊。水手用棚頂的探照燈搜尋水域，我則是在船邊拿著雙筒望遠鏡持續搜尋。

「報告隊長，有一艘救生小艇疑似進水，可否先行返航？」一名水手向隊長伊東報告無線電傳來的消息。

「請他們先回艦上，其餘繼續搜尋。」

「伊東隊長……」

「還有什麼事？」

「大家其實都覺得，四號應該是自行脫逃的。」

「我有問你的意見嗎？」小隊長氣沖沖地說道。「持續搜索！」他命令。

隔日清晨，小隊長下令收隊，只留兩名水手在船兩側持續搜尋。其餘刺殺隊員被集中在軍艦最前方的甲板。全體隊員已經超過二十四小時未闔眼，體力都已接近極限，整夜的雨、海上的寒意折磨著我們的意志。

「我不允許任何對於上級命令的質問。」伊東隊長當著大家的面訓斥，只有他一人彷彿有用不盡的體力，可以如此鏗鏘有力地說道。

「若以後有類似事件被我知道，立刻就地正法，明白嗎？」

「是。」我們異口同聲道。

小隊長接著宣布，我們刺殺隊員今日上午的訓練暫停，進行內務整理，下午返回原航線，並準時進行隱玉操演。我們聽到都鬆了口氣，知道這就暗示我們可以有一個上午的時間補眠。

這時小隊長又下了個命令：「五號出列。」

五號向前一大步。

「五號，明天將由你代替四號執行任務。」伊東眞司穿著墨綠色的雨衣，在軍艦的甲板上對他說。他的背後，是下著細雨的灰色太平洋。海風強勢，雨雲快速流動，無數的光柱斜斜地立於海面之上。

五號立正，敬禮，「遵命。」他回應。

回到寢室後，五號逕自走向自己的床，未和任何人說話。我躺在床上看著艙室內生鏽的梁，總是無法入睡。四周的鼾聲、鋼板壓縮的聲音、窗子透入的灰濛日光，感知還處於非常緊繃的狀態，讓我的思緒像是糨糊一般，所有的事件交雜在一起。

怎麼樣也無法暖和，將整顆頭埋進毛毯中也無濟於事，有人在嘔吐，味道飄過來，我也開始感到不適。

不知道是誰正在小聲地哭泣。

我想也許不是因爲一夜的冷雨，那鑽入身體縫隙的，是恐懼本身。

一個禮拜後，四號的屍體被漁民發現在海上載浮載沉，身體腫脹，有被魚類啃食過的痕跡。他仍穿著消失那日的訓練服，頸部有許多道很深的刀痕。

# 8 月影溪谷飯店

準備面試的這段時間，我把那張剪報的影本放在書桌前的牆上。書讀累了的時候，看著剪報我都會想起佩佩與母親，想起她們從汽車旅館的棉被下露出的腳，想起佩佩的願望，往後我也將帶著這一份哀愁與期待，放進胸口的口袋裡，繼續向前。

第二階段的面試安排在過年前的週末，北中南三場同時舉行，來了接近五百人應試。我參加的是中區的考試，試場位於車站前一棟商辦大樓的出租空間。早上是筆試及術科，通過後才會進到同一天下午的面試環節。考試的部分我很有把握，沒什麼意外，順利通過。

中午，我一個人坐在商辦冷冷的樓梯間吃著自己準備的便當。走廊上傳來許多人歡笑與談天的聲音，好像有許多技職體系的學校帶著整批的學生來應徵飯店基層工作，他們都穿著同樣的西裝制服，看起來就很有朝氣。我自己則是著黑色的套裝，父親告別式的時候，也是穿這件。

下午的團體面試，我一直在想如果有人問到當年父親葬禮資助的事情怎麼辦？但直到最後也無人提及。到底爲什麼月影集團要資助我？爲什麼要在急難時拯救我？依然是謎題。

老實說，面試是自己最擔心的一塊。我雖然讀書不算差，但個性害羞內向。當天我拿出了極大的勇氣，以及充足準備帶來的自信，不論是否是裝出來的，我想，自己盡力了。

在租屋處過了一個安靜的新年。由於家人都不在身邊，每到節日，孤寂感格外明顯，還好在新市鎮的社區裡，年味很淡。社區裡的餐廳都把店門關起，回各自的故鄉過年了，街道冷清清的，只會偶爾聽見遠方的鞭炮聲。

趁著空檔，回了老家一趟，把信箱裡累積的信件收起，換了新的春聯，但始終沒有勇氣回到房子裡。

我大多時間都自己做飯，不然就是到便利商店覓食。就這樣度過了一個沒有色彩的新年。

開工第一天，信箱裡多了一封信，是來自月影集團的信件。

我帶著忐忑的心情打開信封，不知道到底是錄取通知書還是告知落選的消息。

**〈月影溪谷飯店正式社員管理職位錄取通知〉**

敬愛的蘇靜瑜小姐：

感謝您對月影集團旗下「月影溪谷飯店」正式社員管理職位之應徵。我們已仔細審閱您的書面履歷，並對您在各階段筆試與面試中的卓越表現留下深刻印象。您對旅宿業的熱情，符合我們企業所追求的「一流人才」標準。我們特別欣賞您在面對挑戰時所展現出的毅力與清晰的目標，這亦與月影集團的企業文化不謀而合。

經過高層主管的審慎評估，我們很高興在此正式通知您，您已順利獲得月影溪谷飯店「正式社員管理職位」的錄取資格。

請您於民國一〇五年九月一日（星期日）前往「月影溪谷飯店」人事部辦理報到手

續，當天下午三時於巴水村轉運站將有接駁車接送您進入本飯店，請務必準時前來。屆時請攜帶本通知函、國民身分證正本、學歷證明、履歷表影本，以及兩吋半身照片兩張。關於您的初始訓練計劃及職務詳細內容，人事部將在您報到時提供進一步說明，以協助您快速融入工作環境。

我們熱切期待您的加入，相信憑藉您的能力與特質，將能爲「月影溪谷飯店」注入新的活力，與我們一同開創嶄新的篇章，共同爲旅宿業的未來貢獻心力。

願一切如滿月般

月影集團敬上

中華民國一〇五年八月十五日

這封信與之前父親過世時的來信不同，是用印表機打印的正式文件，不像之前是用很漂亮的鋼筆字寫的。雖然信件最後都署名月影集團，但感覺是完全不同層級的單位寄送的信。

信件我讀得很快，到最後我發現自己手在顫抖，字都看不清楚了，也有可能是因爲淚水在眼眶裡打轉。

也有一份錄取信寄到學校。畢業時系主任還特別表揚，並在全校面前又說了一次我那丟臉的願望：「要成爲全台灣最大飯店的老闆。」說現在已經跨出第一步了。

後來幾位在日本月影工作的學長姊主動找上我，一方面恭喜我，同時告知一些注意事項。他們都說，月影企業的社會形象很好，表面上接納各類人才，但業界私底下清楚，只要是健康上出了什麼毛病，甚至懷孕，企業都會以各種手段逼退辭職。一位學姊說得比較直白，要我一定、一定要確實避孕。這在業界也不是什麼稀奇的事，畢竟要做到如此周全且細緻的服務，是需要專注與體力的。他們要我務必照顧好身體，也許台灣這裡的壓力不會像日本那邊大，但小心點準沒錯。

我很擔心自己重症肌無力的事被發現。幸好在一般例行性的員工體檢時，並未檢查出異狀。

上次「假車禍」的意外成爲我診斷重症肌無力的契機，也是從那之後才慢慢認識這個疾病。

第一次在診間呑下「美定隆」時，有種重生的感覺，像是從一個很重的殼當中爬出來，力氣恢復，當時我還在診間站起來原地跳了兩下。醫生說這個藥雖然很有效，但若是一直吃也是會慢慢失去作用的。肌無力無法治癒，要用一輩子的眼光去思考這件事，不能一下子就把藥的效果用盡。

我後來才知道，許多肌無力的病友都經歷過這意外診斷的過程。有些人無力的狀況比我更頻繁，不時進出醫院，花了大半輩子在找原因，很多都是在某個很意料之外的情況下，才發現了病因。

疾病正確診斷後，最自責的人是Seliyap。她說身爲一位醫療從業人員，居然沒看出我有這個怪病，她感到無比的羞愧。我笑著回應她，應該要感謝她在急診室幫我發聲，不然以我這種彆扭的個性，搞不好醫生也不會那麼快找到病因。

就職前我陸續將租屋處清空，能送人的送人，沒人要的東西就都丟了。希望最後，我全部所有的東西都裝進行李箱中。

我回去了一趟我與佩佩長大的那個社區，騎著租來的機車去了月之河Motel。汽車旅館的大門被鐵鍊拴住，油漆剝落，蔓藤滋長，看來現在仍是閒置的狀態。我繞到汽車旅館後面的空地，在那裡把另外影印的錄取通知書、報紙影本與一些金紙一同燒了，希望在天上的家人們能看見。

就職當天，一早搭第一班的高速鐵路南下，轉都營公車到了村莊的轉運站，在那邊等飯店三點的接駁巴士。

我穿著整齊合身的套裝，一個人坐在候車大廳中。昨晚緊張到幾乎沒睡，視力開始有點模糊，我知道複視的症狀開始出現，通常是力氣用盡時。若是平常在家，我就會去睡個午覺讓體力慢慢恢復，但現在這種狀況還是需要吃藥。去投幣機買了一瓶礦泉水，吞下一顆美定隆，靜靜地在原地等待藥劑進入血液，進入神經與肌肉的交界發揮作用。挑高的屋頂處有幾面花窗，斜射的午後暖陽穿過清潔人員掃地揚起的塵埃灑落大廳。

不知道從哪裡傳來鴿子的咕咕聲。我沒有看見任何其他的工作人員，保險起見又拿出錄取通知書讀了一遍，沒有錯，地點就是這裡。

我開始想飯店交通的事。一間這麼大的飯店，蓋在深山中，交通運輸要靠這麼小的轉運站去消化嗎？怎麼想都覺得不對勁。

就在我分神的時候，餘光捕捉到一隻貓，一隻在看報紙的貓。

月影溪谷飯店，像是一艘深夜
大洋中的郵輪，在溪流中彷彿
能看見流動的火。後方是滿山
的銀葉樹，隨著谷風搖曳，銀
色的葉背翻動，猶如皎潔、細
碎的月影灑落人間。
月影溪谷飯店 —— 左耀元
遠流

我揉了揉眼睛，發現那隻貓的前足踏著放在塑膠椅上的報紙，小頭注視著上面的文字，左右來回搖動著。突然間小傢伙抬頭注意到我，便跑到我旁邊的塑膠椅上。牠站了起來，後腳伸直，貓掌貼著塑膠椅；前腳微微彎折擺在胸前，因爲站在椅子上的關係，眼睛和我平視。雪白的布偶貓，脖子上繫著帶鈴的蝴蝶結項圈，眼睛是藍色的，透明得驚人，讓人聯想到珊瑚礁島嶼的海水。

我從背包深處的保冷袋中拿出一條肝醬（pâté），我自己做的，本來是想帶上山可以抹在麵包上或是加工成其他料理。看到貓咪的出現，我馬上想到食譜上主廚說自己家的貓也爲之瘋狂的橋段，打算現在拿來試試。

將肝醬擠了一點出來，遞到白貓面前。牠先是困惑了一下，可能是從未聞過這種味道吧？牠用濕潤的小鼻子聞了兩下，然後突然像是想起自己是貓似的，四腳著地，湊過來舔舐。

我一邊餵著貓，一邊想，轉運站也太神奇了吧？這種地方居然有這麼嬌貴優雅的貓，實在佩服。每天這裡車輛、旅客來往如此頻繁，這貓毛色仍如初雪般潔白，更加難以置信。

不一會兒，小白貓把整條肝醬吃完了。我把廢棄的包裝拿去丟進垃圾桶，貓過來用尾巴甩了我的小腿兩下便往車站大廳外步去，在門口時回頭看了我一眼，用下巴比劃了一下外面，彷彿是要我跟上的意思。我趕緊拖起行李箱，小跑步過去。

正常的貓會站起來嗎？還會用下巴跟我示意？腦筋還來不及消化這個稍嫌遲鈍的疑問，我便看見印有飯店LOGO的中型巴士停在月台。

「月影溪谷飯店。」銀色的車身上寫著。下方一行娟秀的小字：白神村自然文化保留區。

我看著這幾個字呆愣了一會兒，心裡面有種登到山頂的感受，儘管未來還有很長的路要走，但我總算排除萬難，來到這了。悸動與期待在我內心翻動，手心出了點汗，我深深地吸了一口氣。

車門打開，走下來的是一位老先生，身材修長，穿著深藍色的燕尾服，兩顆金色的袖釦在夜色中閃閃發光。

「是蘇靜瑜小姐嗎？」老先生說話字正腔圓，以適當的音量優雅地詢問。總覺得這聲音很熟悉，但一時間想不起來在哪聽過。

「啊，啊，是我。」我趕緊把行李拖過去，走上前去才發現老先生蓬鬆的白髮，以及捲翹的鬍鬚。

「早安，蘇小姐。我是今天的司機，敝姓方。乘車證麻煩了。」方先生鞠了個躬。

「沒問題，來，這裡……」我從側背包拿出與錄取通知一同寄來的乘車證，要交給方先生時，與他四目相接，對視了數秒。

我突然有個想法，眼前這位方先生該不會是剛才那隻貓吧？毛髮的顏色和那奇妙的視線，都有種不可思議的感覺。再仔細看，發現方先生捲曲的白鬍子上有一小坨肉泥。

可能是不小心注視太久了吧，方先生感到有點不對勁，迅速用袖口抹了一下嘴角，接著把行李放妥，上了車。我隨後跟上，坐在司機正後方的位置，扣好安全帶後，發現整輛車子只有我一位乘客。

從轉運站往山的方向移動，一路上經過幾間五金雜貨店、生鮮超市，我默默把這些商店的位置記起，想著未來放假可以下山來補充一些生活用品。

一路上方先生都十分安靜，從鏡子裡可以看到他嘴巴閉成一條筆直的線，彷彿是下定決心不講話似的。巴士很穩，避震也非常舒服，不像是都營巴士那樣咔啦咔啦好像隨時要散掉。我想，這應該就是「高級」吧？手輕輕拂過紫色短毛椅面，閉眼感受著那樣的質地，有一種將手插入米缸深處的安穩感。

離開城鎮，四周是廣闊的田野，透過四散的鐵皮工廠溢出的光線，可以看見平行鄉道上稀疏的機車剪影。更往遠方看去，山脈的輪廓，山是黑色的，紮實且意味深長的黑，有一股莫名使人屈服的力量。

漸漸地，世界彷彿只剩下這輛巴士以及路燈微弱點亮的區域。我開始感覺到時間變得無法掌握，手錶的指針彷彿也踟躕不前。想拿出與錄取通知一同寄來的地圖確認位置，但光線實在太暗，什麼也看不到。

又過了一段時間，不太確定多久，也許只有十分鐘，但也可能是三個小時，巴士像是突然想起來可以停下來似的，緩緩地減速，車底傳來輪胎壓過小碎石的聲音。前門傳來氣壓洩氣的聲響，方先生靈巧熟練地下車了，我其實不太確定是不是已經抵達飯店，思考著自己是否要一起下車。

打開的車門外有蟲鳴與溪水聲，冷而清澈的空氣從車門吹了進來。

我伸長脖子，想從前方擋風玻璃看清楚。巴士冷白的ＬＥＤ燈照亮一扇高大的鍛造鐵門，門的兩旁延伸出去是堅硬的磚牆。鍛造鐵門上有細緻的花紋，一輪新月，照耀在廣闊的森林。

方先生來到門旁一處哨口，在裡面拿起一支電話，看起來是在和內部確認，講到一半還往車子的方向看了一眼，我反射性地在椅子上坐好，像是被視線電到一般。最後方先生從上衣內側拿出一把金色的鑰匙，插進匙孔，與電話那頭確認完畢，回到車上。

鐵門像是冬眠的獸甦醒般，緩緩敞開，發出金屬拖行的聲響。

「辛苦了，接下來要進入白神村自然文化保留區了。」方先生上車後，對我說。

巴士發動，再次出發。經過那扇大門後，車內的音響開始播放交響詩，是很熟悉的旋律，但我一時間還是想不起這管絃樂的名稱。開頭是溫和而急促的小提琴配合著冷靜平緩的長笛，像是往複雜腦迴深處窺看的視線。

開了一點窗戶，空氣的味道不同了，有苔蘚和森林的氣息，河水的聲音也更明顯了。

「〈莫爾道河〉。」我突然想起樂曲的名稱。

「不好意思，靜瑜小姐您說什麼？」方先生問。

「樂曲的名稱，〈莫爾道河〉，是捷克作曲家史麥塔納的作品《我的祖國》

（Mávlast）的第二章。」

「你很喜歡古典樂嗎？」

「我父親很喜歡，我自己偶爾會聽。」我回答。

到底爲什麼會知道名稱？說是因爲聽到河水聲而聯想未免也太牽強，畢竟以河流爲主題的樂曲那麼多，怎麼會想到呢？

「巴士只要進入保護區就會開始播放這個音樂，算是迎賓的樂曲喔。聽很多次了，一直不知道名字。」方先生笑說。「只是覺得跟溪水的聲音好像非常搭配呢。」他補充道。

莫爾道河，波希米亞平原上捷克民族的靈性之河，我繼續回想，腦迴深處一定有答案。法國號與雙簧管加入樂章，河道流經森林，更加迂迴。望著遠山，感覺溪谷深處的高堡中，貴族正在穿上華美的舞衣。

我想起上高中前與父親同住的重劃區社區大樓。在母親與佩佩離開後，父親把其中一間空出來的房間作爲視聽室，鋪了地毯，在房間正中央有一張沙發椅。父親會在那裡面抽菸聽音樂，有時候一整天都沒見到他，只能從門的這邊聽見悶悶的音樂。

有一回父親不在家，我偷偷進去視聽室，唱盤上放的就是庫貝力克（Rafael Kubelik）

指揮捷克愛樂管弦樂團於一九九〇年「布拉格之春」演奏的《我的祖國》。

「這位史……先生很有名嗎？抱歉，我只認識貝多芬、舒伯特、德弗札克之類的。」方先生又問。

「史麥塔納跟德弗札克都是捷克的作曲家，說實在的，我其實也只認識幾首。」我有些不好意思地說。我不太習慣教導別人知識，覺得那樣很容易自暴其短。況且自己也是這半年開始自己做飯後，才有煮菜、吃飯、洗碗時聽音樂的習慣。

「蘇小姐很知性呢，喜歡聽古典樂的都是好孩子。」

「我很喜歡史麥塔納的《我的祖國》，尤其是這首〈莫爾道河〉。史麥塔納後來染上梅毒，創作這首〈莫爾道河〉的時候，他已經完全失聰，什麼都聽不見了。」

巴士內的音響非常優秀，弦樂高音的延展性足但不咬耳，低音下潛像是地底的伏流，將〈莫爾道河〉的曲折與壯闊都表現得非常飽滿。我們暫時沒有說話，聽著音樂。我想像著史麥塔納在無聲的世界中，鋪寫記憶中莫爾道河的樣貌，民族獨立、英雄、王室的殞落，一切都像是黑暗中的一條巨河。

「蘇小姐，很高興認識妳，眞的。這不是對月影員工的客套話，但我很高興妳可以來這裡與我們一起工作。」

我一時間不知道該怎麼回應，音樂停止了，取而代之是深山裡獨有的寧靜。

「有機會的話，可以請妳來我家作客嗎？妳可以帶朋友一起來，不用擔心。我很喜歡做菜，很會做酥酥的烤雞喔。我家在舊白神村，比飯店還要高一點的地方。有機會的話。」方先生的語氣轉變成較爲私人且眞誠的口吻，雖然還是有點戒心，畢竟也才第一次見面，但我比較喜歡這樣的方先生。

「我很期待。」我說。

「太好了，我會再通知妳，應該會在櫃台留話，飯店那裡手機訊號不太好，有時候訊息會傳不到。」

「沒問題。」

「好的各位，」方先生又回復剛才專業司機的口吻。「接下來的道路會比較困難，麻煩暫時不要說話喔，謝謝各位配合。預計再十五分鐘抵達月影溪谷飯店。」

也好，我想。一下子說了那麼多話，等等重症肌無力又來搗蛋，講話又要含滷蛋了。暫時還不想被發現肌無力的事。

透過雜木林的縫隙，可以看見破碎的河，在皎潔的月光下閃耀。巴士像是靈巧的山羊在崎嶇的山路上爬行，經過好幾個斜度很高的髮夾彎，方先生都能熟練且俐落地通過。從資料上看，月影溪谷飯店規劃，日後入園只能乘坐電驅接駁巴士，保持山林的空氣品質。我猜想，這一方面應該也是考量如果讓一般民眾自行駕車入園，容易摔到溪谷裡吧？

林子的深處傳來某種鳥類的長鳴，聽起來很淒厲，我突然打了個冷顫，趕緊把外套的拉鍊拉起。過了一座石橋，外面傳來瀑布的水流聲。

也太久了吧？我開始懷疑，究竟有誰會大老遠來這麼深的山裡面住宿？但有錢人的思維可能超乎我的想像，也許月影溪谷飯店的魅力眞的有那麼大。

這時路旁出現一塊小空地，特別整理過的，沒有雜草，鋪有碎石的空間，大概能停兩三輛小客車大小。那裡有一盞路燈，燈下有兩台投幣式販賣機和一張木頭長椅。我其實滿喜歡這樣的小空間的，大自然中的一片私領域，喜歡這樣的巧思與設計。

我想像自己下班後一個人走到這塊小空地，到投幣機買一罐可口可樂，坐在長椅上聽音樂。

就在我沉浸在這對於未來的美好想像時，意識突然被一股亂流突襲，像是電視突然插播的畫面一般。大量五顏六色的畫面在我眼前閃過，伴隨著很多人說話的雜音。一股強烈的噁心感湧上，閉上眼也沒用，那畫面是在腦袋裡播放的。我看見雪，看見鹿的剪影，看見一尊佛像，看見一艘軍艦，看見一位女孩表情嚴肅地，在我眼前展開一張卷軸……

一瞬之間，空氣的重量解除，像是從泳池底部爬起換氣。一道某種絲線斷裂的聲響，我吞了一口口水，像是跑了百米衝刺後大口大口地喘氣。這時我才發現自己內衣褲已經被又冷又黏的汗水浸濕。

「不舒服嗎？蘇小姐。」方先生從鏡子裡透出關切的神情。

還說不出話，那些肌肉好像還沒醒。

「飯店就在前面囉，看。」

轉了個彎，我抬起了頭。

月影溪谷飯店，像是一座古堡聳立在溪畔。整座巨大的建築燈火通明，像是深夜大洋中的一艘郵輪，在溪流中彷彿能看見流動的火。後方是滿山的銀葉樹，隨著谷風搖曳，銀色的葉背翻動，猶如皎潔、細碎的月影灑落人間。

赤日

# 9 絕望試探

在海上的第五十三天，我們開始作夢。

五號出征後，所有的刺殺隊員像是得了很嚴重的感冒，全身虛弱，輪流發燒。在床鋪上彌留、發汗，如煙幕般的色塊飄進我們心裡的視野，讓我們整日彷彿遊魂。在焦躁不安的夜裡，我多次夢見側寫師所繪製的前線地下室。夢見那張木桌，以及牆上的太平洋戰略圖。

第六十天，有人開始出現幻覺。

六號在清晨時從床上坐起，大吼大叫，雙手對著空氣揮拳。「不要過來！不要過來！」他大喊。下一秒他從床上跳下來，跌跌撞撞衝到外頭，三四名水手合力都攔不住他，最後他從甲板落入水中。雖然很快被救起，但那回到艦上的，我們都認爲只剩下了軀殼了。那裡面屬於「人」的部分，已經遺留在冰冷的海水之中。

我將這些記錄下來，是希望當最終刺殺成功時，所有前輩努力過的痕跡不要被忘記。我會在每篇日記寫下：「我是七號，前面是六號，後面是八號。我要透過隱玉刺殺敵國司令，將榮耀帶回日本帝國。」

在日記的最後一頁，是所有刺殺隊員的名字，因爲在我心中，他們不只是代號而已，而是用肉身拉近勝利的偉大戰士。

六號的出征，是最難過的一次。

我們已經陸續送走好多人，包含老鼠、二號、三號、四號、五號，我以爲自己可以習慣這樣一次次的別離，然而到頭來，那樣壯烈背後的酸楚，仍深深刺痛著我。此刻，六號骨瘦如柴，那套軍服掛在他身上像是旗子，在夜晚的海風中孤單地飄著。記得他剛登艦時還是個結實的男人，出航時還在長堤上見過他的妻子，當時總覺得，一切都會往好的地方發展，如今卻是這樣的場面。六號從小隊長手上接過步槍與軍刀時，他四肢發抖，滿臉的鼻涕和淚水。

當側寫師靜子小姐將卷軸展開在他面前，他吐了出來，穢物髒了側寫師的衣服，但靜子一步也沒有動，仍高舉著卷軸。

不知道那上面畫的是不是前線有木桌子的那個地下室。我心底覺得應該不是，但也沒有多加臆測。

「這是光榮的一刻，挺胸，六號，我們以你為榮。」小隊長伊東眞司說道。

六號勉強行了禮，立正後將右手的中指與無名指輕點心窩，消失在夜色之中。

側寫師隨即將卷軸燃燒。望著那飄散的灰燼，我感覺自己內心的某一角也在逐漸崩解，像是被海濤侵蝕的岩石，裂解，落入海中。

六號在隱玉的那一刻是在微笑的，那抹微笑之中，彷彿解脫與絕望達成了和解。我衷心期盼他在海的另一端，能如願成功刺殺敵方司令。

我抬頭看向艦頂的旭日旗，在無風的蒼白日光下，顯得有些落寞。

在出航的第七十二天，我做了一個特別的夢。

我從來沒有做過這樣的夢，我清楚記得自己睡著了，然後下一秒睜眼，置身在異處。低頭一看，身體消失了，彷彿自己成爲一個沒有肉身，純粹的視點。也許這樣解釋會更清楚——我感覺自己的肉身還滯留在軍艦上的床，意識來到了遠方。

眼前，有一張深色的木桌，木紋如炭刻印，桌面立有兩個帶金屬桿的小國旗。桌子對面的牆上有一張太平洋區域的戰略圖，八張椅子，整個房間被懸掛的鎢絲燈點亮。房間裡的家具都是用堅固粗壯木頭與黃銅製成，有長時間使用的痕跡，但都有定期保養的樣子，木頭有定期上漆，黃銅也有塗油。此地無疑就是靜子小姐繪製的前線密室，那個據說司令會現蹤的場所。此次的夢境很不一樣，過往是無法控制夢的內容的，意識隨波逐流；然而只有這次，我可以自由控制意識，來探索這個空間。並且此刻我非常警醒，應該說是異常的敏銳。

整體而言，這個房間跟靜子描繪的幾乎一樣，但靜子的畫面只繪了桌面以及後方的牆，房間的另外三面是沒有捕捉到的。仔細思考這也有道理，空間愈大意味著細節愈多，愈有可能出現畫面的破綻。此刻，面對桌子的右側是一扇鐵門，看上去十分堅固，雖然沒有辦法轉動門把，但我猜測應是鎖上的。視角轉向左側，牆角有一組拖把水桶。桌面上除了旗子，在原本的畫面之外還有一支鋼筆與墨水。八張椅子，每一張都很紮實堅固，只有一張上頭綁有一個棗紅色的椅墊，八張椅子全都倒扣在桌面上，應該是剛才有人拖過地。

牆上那面太平洋戰略圖上，有著各式各樣的箭頭以及標示。日本國土的部分被放大，京都的位置被打了一個大叉叉。

就在我四處搜尋的時候，門突然被打開了。

我來不及反應，連當下應該要躲藏起來，還是戰鬥，都沒辦法判斷，門就不發一響地被開啓。

但那裡沒有人，至少此刻我的眼睛是看不到的。

然而卻出現了聲音。

「司令這邊請。」是一位中年女性的聲音。

門又被推開了一點，伴隨著皮鞋踏在磁磚上的聲響以及槍械在衣物上摩擦的聲音。

「祕書，今天就我們四位嗎？」走廊外頭傳來另一位男子的聲音，這個聲音聽上去應該是一位幽默、從容的人，在我與人相處的有限記憶裡，這樣的從容應該是來自自信以及對於他人的信任。

這就是我們刺殺隊日夜努力要殺掉的男人嗎？在我的想像中，他的聲音應該是更加卑鄙、冷酷、歇斯底里。

「是的司令，我們先在這裡簽署完文件，才會讓其他的參謀來討論戰情。」祕書的聲音說道。

我現在才意識到一件事，這些人說的語言，我應該會聽不懂？

「明白了，謝謝妳呀，祕書。」這是司令在說話，他的聲音更靠近房間了，但還沒進來。

專心！佐野健治，不論這是夢還是什麼奇妙的預感，現在的每分每秒都很重要，如果能把這些情報告訴靜子小姐，她一定能完成完美的畫作的。我告訴自己。

「我也一定要來嗎？這文件最好是很重要的東西。」走廊上另一位年長男性的聲音說道。

「副官你慢慢來啊，腰還疼嗎？」名爲司令的聲音在走廊上大笑了幾聲。「當然重要囉，這場戰爭打太久了，我們今天簽署的文件，會決定這場戰爭如何結束。」司令補充說道。

「上校，你先進來吧，記得門口那個有椅墊的椅子留給副官就好了。」

「是，長官。」另一位較年輕的男聲回應。

我始終沒有看到這些聲音背後人們的樣貌，他們似乎也沒有察覺到我的存在。所以這間房間裡會有一名女性與三名男性，分別是祕書、年輕的上校、司令，以及副官。

我回想起靜子小姐和我說的話，這個房裡可能會出現的人，她已經掌握了。「然而問題是，我不知道他們會怎麼坐。」我記得她是這麼說的。

我看見四張椅子從桌子上取下，放了下來。依照剛才的對話判斷，這應該是那位年輕上校做的。

不久後，桌面上的鋼筆從一頭被遞到了中央，某人接手後沾了沾墨，然後簽署。門進來後便從內鎖上了，外頭應該還有很多士兵，但此刻房裡就這些人、木桌、八張椅子、牆腳的拖把。

這無疑是刺殺的絕佳時機。

若是能成功透過隱玉來到我此刻的地點，舉槍，扣下扳機，勝利就在前方。我需要更多的細節，更多能夠幫助側寫師的物件。

就在我想靠近一些觀察的時候，突然房間的各處縫隙開始冒出白煙，濃稠且緻密的霧瞬間充滿。是溫暖的煙，從腳底以及手指末端開始，酥麻的暖意，意識也開始融化，本體感慢慢回復。

大腿之間一股溫熱濕黏。

醒來後，我發現遺精的量相當多，從內褲濕透到被子。

我突然想到靜子要求我禁慾的叮囑，難道她早已預見這樣的狀況了嗎？已經無法回想上次手淫的時候，這段日子以來，思考被各種痛苦與恐懼箝制，僅存的意志也全貢獻給報國的雄心，根本沒有心思去思考慾望方面的事。

那是凌晨兩點，我安靜起身，拿著乾淨的衣物往浴室的方向前進。離開寢室後，我為了不和其他人相見，便躡手躡腳地繞到側舷的迴廊。

是滿月之夜，海面上蒙上了一層銀藍色的絲綢，若有似無的海風吹拂著，我感覺身體與意識同等強壯的存在感。四號的屍體被找到後，整艘艦艇陷入一陣低氣壓，這樣的氣氛使我們喪志，甚至進入了疾病的狀態。四號究竟是如何被殺的？誰殺他的？這一切我們都無法確定，甚至連對方是否已掌握了隱玉的幻術也無法得知。我感覺這樣的未知，使我們感到前所未有的挫敗與恐懼。但剛才那場夢，讓我重新找到希望的光束。

我是七號，前面六位戰士已經爲我開出血路，下一位戰士就是我，而我將會是那位透過隱玉刺殺司令的男人，我如此堅信。

一邊淋浴，一邊思考著這些，也慢慢拼湊剛才夢境裡的物件。若這個夢境爲眞，也就是某種對於未來的窺視，那此刻我最應該思考的，應該是要如何幫助側寫師完成最接近實情的畫作吧？這樣隱玉也許可以成功。

泡沫積累在排水孔，我讓冷水持續沖著臉龐，保持腦袋持續清晰的狀態，在腦中將地下密室重組。

在剛才的夢裡，先進房間的年輕上校會依序將需要用的椅子擺在地上。這樣他們就只會坐在這四張椅子上，那誰會坐在哪一張椅子上呢？我心裡開始出現一個機率問題，四個人，四張椅子，有幾種排列組合？

我的數學不太好，如此只確定了女祕書、年輕的上校、副官、司令他們會坐在其中的四張椅子上，但順序呢？我感覺自己好像沒有把所有的線索都串連起來。感覺已經看到隧道盡頭的光了，但不知道黑暗的隧道還有多長。

這時有另外一個人進來浴室，我沒回頭查看，雖然此刻是凌晨，但還是有很多輪流值班的水手還醒著。

我懊惱地敲了幾下自己的腦袋，思考啊！佐野健治，一定有方法的。我低頭望著自己的雙手，想像自己手持步槍，近距離扣下扳機的觸感，子彈射穿敵人司令的腦袋，鮮血與腦漿灑濺在後方的戰略圖上。

此時有人觸碰我的身體。

我嚇了一跳，意識從遙遠的地方被強制拉回，感覺身體像是一輛疾駛的快車，被人突然急踩了煞車。

我回頭一看，川瀨靜子赤身裸體站在那。我捏了一下自己的臉，確認這不是夢境，正要開口詢問時，靜子便開口。

「不要停止思考，要怎麼確定敵人的位置？」靜子貼了上來，我感覺她乳房的重量在我的背上。她輕輕地套弄著我的陰莖。

很奇妙的感覺，當靜子貼近我的時候，我感覺自己腦中的視野更加清晰了，房間裡的物件在眼前漂浮，墨水、椅墊，我伸手去抓它們，然後像拼拼圖一般，將它們放置到正確的位置。

「將椅墊擺在最靠近門口的椅子上，副官走路最慢，腰也不好，最靠外側的第四張椅子會是他的。」我回應。

「很好，這樣確定了一個位置，剩下的人呢？」

「靜子小姐，我快忍不住了……」一陣陣的刺激如電流，我同時需要這樣的刺激來保持內觀的視野，但同時心中慾望的猛獸也在撞擊那微不足道的柵欄。

「還不行！佐野建治，你答應過我的！禁慾後的思考會最純粹，透過短時的強度刺激可以將畫面重現。我現在給予你刺激，請你認眞思考還有什麼細節沒運用到的？」

「年輕上校是先進房間的，他會坐在最裡頭……」身體處於高張的狀態，遠方的密室，我伸手去抓，這次指尖找到了墨水瓶。

「很好，再來。忍住。」靜子小姐的手握得更緊了一點。

「鋼筆與墨水。」她接著說。

「將鋼筆與墨水放在從最裡頭數來第二個椅子前方，這樣很自然的，先入室的年輕少校會坐在最裡面、離門最遠的那張椅子上。然後祕書坐第二張椅子，因爲她要把筆墨遞給司令，我的夢裡有聽見墨水被移動的聲音。」

「司令的位置，再堅持一下，健治。」靜子小姐加快了速度。

「司令要簽署文件，所以他會坐在祕書旁邊，最裡面數來第三個位置。」腦袋高速運轉地把物件湊齊，此刻兩側太陽穴的血管很用力的收縮，頭被壓迫得很不舒服。也許，這樣也不能完全確保那四個人眞正坐的位置，前線的狀況隨時在改變。

靜子小姐的手放開了，她從我背後繞到我前方，背對著我彎下了腰。靜子引導著我將陰莖放入她的性器。

我沒有感到任何的愉悅或是衝動，但身體很自然地動了起來。高潮的時候我緊抱著靜子小姐的腰。那一瞬間，我感覺自己身體裡最深處，某種纖細但富有能量的東西被釋放，然後被靜子小姐接住。

我有一種被掏空的感受，強烈的悲傷與無奈壓了上來，在縫隙中，我感覺在那遙遠的密室，仍有線索沒被注意到，這場暗殺行動的眞正意義，被遺留在那。

PACIFIC
KYOTO

月影

# 10 幻之鏡

我會在每一個工作日的清晨五點半起床，為一整天的工作做好準備。穿上燙過的潔白襯衫、西裝制服外套、黑色窄裙、絲襪、深棕色的低跟鞋，仔細修剪指甲（從不塗指甲油），再用幾根髮夾固定住包頭，將後頸的雜髮收攏乾淨。化精緻得體的妝，擺出自信專業的笑容。

天明之時，月影溪的波光會投影在員工宿舍的天花板上，在這光影浮動的時刻，我會站在鏡子面前看著明亮的自己，戴上專業完美的微笑，開始在月影溪谷飯店嶄新的一天。

大約六點，我會到櫃台與昨晚的夜班人員交班，了解負責區域的大小事，小至誰昨晚換了房，大至哪位貴賓生病或受傷。確實完成交班後，將記錄的資訊同步更新到會議室的白板上，方便晨會時向組員交代工作。

早起的另一原因，是我喜歡趁食堂還很空的時候去吃早餐，獨自一人在窗邊享受這片刻的寧靜。我喜歡打開窗，讓山間早晨的風吹入，聽著不遠處的溪水聲，獨自安靜地在隨身筆記本中，整理今天的工作內容。

唯一有可能打破這清晨寧靜的，是一位名叫谷口的傢伙。谷口在日本讀應用外語，專攻東洋語系，以第一名的成績選擇了月影溪谷飯店作爲他見習的場所。他是一名高大的男生，理著非常短的平頭，粗眉、單眼皮，皮膚黝黑，長得一副棒球隊核心打線球員的樣子。第一眼看到他，很難將他的外貌與成績連結，光想像他拿筆的樣子都感到有些滑稽。

中庭的花圃，種植著菖蒲與木蘭。幾乎每天早晨，都可以看見谷口站在那裡講手機的高大身影。谷口聲音宏亮，很難不被人注意到。

據說他都是打給阿嬷。

一大清早，一個魁梧的傢伙在那大聲地說日語，自然招來很多狐疑的眼光，也的確有一些員工投訴說被他的聲音打擾到了，我因此被派去與谷口溝通。

「抱歉靜瑜姊，我阿嬤耳朵不好，飯店只有中庭手機有訊號，只能在那邊通話。」谷口告訴我。

「但你已經打擾到其他夥伴了，我們來幫你想辦法吧？」聽到回應的當下，有好多想要糾正的事。首先，我跟谷口應該只差一兩歲，被叫靜瑜「姊」還是覺得怪怪的，也許自己是管理層級的關係，很自然地被如此稱呼吧？內心的另一個聲音是：「希望不是因爲自己打扮看起來很老氣。」另外，到底爲什麼要「每一天」都在「一大清早」打給阿嬤？我那時也沒有問，心裡默默覺得，每個人都有他的苦衷吧？

老實說，我很羨慕有這麼親密的家人，可以每天說話。

我做了兩件事，首先，將飯店周圍收訊較好的地點記錄下來，請美編做成地圖，印製出來在櫃台發放，心想應該許多貴賓也有這方面的需求；另外，我向飯店高層請示，將谷口編列到我的團隊之下。

早上八點，我會集合團隊成員，宣導今日工作的注意事項。大家圍著白板，聽我報告，同時給予回饋。我的工作團隊中，主要包含櫃台人員、飯店餐廳外場，以及一些臨時派遣工。

每次晨會結束，我都會特別把谷口叫過來，問他有沒有沒聽懂的部分。他總是笑笑的，中氣十足地說沒有問題！我大多會安排他去協助「林間散步」導覽活動，若有日籍旅客來登記住宿，也會請他協助溝通。

林間散步導覽是飯店的免費親子活動，會帶著旅客在清晨與傍晚時分，沿著月影溪健行。大約一個小時的路程，期間也會介紹一些當地的動植物，銀葉樹、筆筒樹、姑婆芋。動物的話，要碰運氣，但大多可以看見翠鳥、鶺鴒、一些溪魚，有時候也會看到一些哺乳類動物，猴子、羌、鹿之類的。我們還提供孩子放大鏡，在溪邊潮濕的倒木上觀察苔蘚的微觀型態。

我跟過一次林間散步的導覽，雖然只是負責帶醫藥箱和熱咖啡的角色，還是覺得很新鮮。最後大家一起在清晨的瀑布下吃早餐，感覺身心都被洗淨了。

林間散步導覽，上下午各有一梯次，集合地點都在飯店大廳。每次站在櫃台看著谷口像熊一般的背影，都會格外安心。孩子們總會很自然地跟他打成一片，讓大廳充滿笑聲。

在很多員工口裡，谷口是個怪人。他剛來飯店時，就因爲爬樹差點摔傷；每天傍晚還會在宿舍後面的曬衣場跳古怪的體操。由於他並不是完全聽得懂中文，大家偶爾會在背地裡調侃他。我不是很喜歡這樣，便主動把他帶來自己的團隊中，特別照顧。

月影溪谷飯店很漂亮，飯店大廳是一個挑高三層樓的歇山頂式空間，由許多粗壯的木梁、木柱結合而成。正門的另一頭是歇憩區，有許多絨布材質的沙發，齊面著廳室內的古銅造型煙囪與爐火，常有房客穿著浴衣在被燭光點亮的沙發區喝著葡萄酒。

來到飯店工作的前兩個多月，我的目光幾乎都注視著櫃台後方的電腦螢幕或是筆記本，在房務系統裡執行繁瑣且需要耐心與細心的工作。那段戰戰兢兢的日子，我甚至沒有仔細看過飯店長什麼樣，或是四周的景色有多優美。

「おばあちゃん、お元気ですか？」谷口問候阿嬤的爽朗聲音，穿越清晨的窗，才把我的目光從眼前筆記本裡的小世界，帶往窗外。看見雅致的飯店，看見滿山的銀葉樹，夏末的雲彩。

「聽起來是一個可愛的傢伙，像什麼大熊。」跟Seliyap提到谷口時，她這麼說。

「只是不知道爲什麼每天要打給阿嬤。」託谷口的福，我才知道飯店附近手機訊號較強的地點。下班後，偶爾會繞到有販賣機的碎石子地打電話給Seliyap。

「瑜，妳是不是喜歡他呀？」Seliyap笑著問。

「他只是團隊的工作夥伴。」想起自己曾在醫院急診室偷偷吻過 Seliyap，感到內心一陣複雜的情緒。

「我會找時間上去住宿，找妳玩。你再介紹這位給我認識。」Seliyap 的聲音開始斷斷續續，同事們說，當山下開始下雨的時候，訊號就會受影響。

「等我爬到飯店大老闆的位置，我就讓妳免費住宿。」我不知道 Seliyap 有沒有聽見，因爲不久後訊號就斷掉了。

入夜的白神村有很多聲音，除了身旁飲料機裡壓縮機的運轉聲，還可以聽見月影溪的水聲、蟲與蛙鳴、飛蛾撞擊電燈的聲音。

這是上山後第一次打給 Seliyap，在入職後的第三個月，終於又與外界有了通訊。我一直沒有時間下山，一方面也是沒有需求，另外也是希望透過加倍的努力，被主管們看見並且認可，爭取升遷的機會。

「要成爲全台灣最大飯店的老闆。」這個信念，像是影子般緊緊跟著我。而那份有母親與佩佩的剪報，始終放在我西裝制服胸口的口袋中。

剛開始工作時，總會擔心很多事情不會、不熟悉，因此受責罵；但很幸運的，我幾乎沒有碰過這樣的困擾。大多時候，保持著清楚的思緒，遇到問題時，以邏輯和常識去思考，都會自己找到答案，身體也自然地動起來。可以說，來到月影溪谷飯店的每一天，我都在忙碌中度過。

九月底一個晴朗的週末，飯店來了一群日本貴賓。這群旅客大多是由退休的老夫妻組成，他們都是月影集團的早期會員，從月影還是關西區的商務飯店時就入會了。如今月影集團已經不再接受新的會員登記，但舊有的福利還是保留了下來。

經理非常重視這次的會員團，特別召集我們團隊，希望能給予尊榮的照顧。目前登記的會員仍有七千多名，若是能給予首批來訪的會員留下好印象、好口碑，傳回日本應該能造成更大的迴響。

同時會說日文與中文的谷口特別被高層點名，希望他能好好表現。

會員們入住的第一天傍晚，我在櫃台待命，日落的微光染紅了整個大廳，一切光影都在流轉，舞動。

谷口接到飯店內線電話，我靠了過去，電話那頭傳來的是日語發音，應該是某位日籍會員。

「303房的秋山夫婦說他們樓上一直發出摔東西的聲響。」谷口掛上電話，嘆了口長氣，轉頭告訴我。

我迅速在住房系統查詢303房樓上的房間，馬上發現了奇怪的地方。303房樓上的403號房，或者說整棟西館的四樓，目前都是無人入住的狀態。訂房系統上，是一整排不能點選的灰色格子。我想起之前經理曾說過，那是備用房間，臨時有需求時才會開放的房型。

「谷口，你跟我去一趟。」跟秋山夫婦解釋時需要借重他的日語能力。

飯店分成東西兩館，館間可以搭乘纜車往返。透明纜車沿著緩坡而上，可以眺望遠山與森林。我與谷口坐上纜車，從東館大廳前往秋山夫婦所在的西館。

「前輩，如果樓上沒人，我們要怎麼跟秋山夫婦解釋？」

「我們先了解狀況，再看如何應對，現在是有空房讓他們換的，不用擔心。」我從纜車的窗看見日落後不久的山林，鳥群的影子飛過藍色的樹梢，一輪新月爬過山稜。

來到西館的四樓，我馬上發現這裡的氛圍有些奇妙，空氣裡有熟悉的旋律，是德布西的〈月光〉，音樂在空盪的走廊裡迴響。所有的房門都緊閉著，有一股寂寞且古老的氣息。

站在電梯口，其實心裡有點害怕，但身爲前輩，我還是鼓起勇氣，一腳往前踏去，谷口緊緊跟著。來到403號房門前，我敲了敲門，叩門聲在長廊迴盪。

沒有回應，那是當然的，畢竟裡面不應該有人。我將耳朵貼了上去，側臉感受到木門的冰涼，房內的沉默也同樣冰冷。

「果然是沒有聲音，因爲沒有住人呀。」谷口笑著說，順手轉動了門把。

門居然一聲不響地開了。

我和谷口在原地愣住。一般而言，無人入住的房間都會確實上鎖。403號房居然沒有鎖好，如此離譜的錯誤，不應該出現在管理嚴謹的月影溪谷飯店。我順便檢查了一下旁邊幾間房，看來只有403房是未上鎖的狀態。

「也許有人偷偷進去過。」谷口說道。

「如果是這樣，我們麻煩就大了。」我想起不久前的主管會議上，才有人報告，有房務人員利用職務之便在客房裡休息的異常事件。

「打擾了。」我再次敲門，然後推開房門。

403號房裡沒有人，甚至也沒有一般客房裡的床、衣櫃、電視。在這小小的空間裡，堆滿了書籍。書架上、地板上、矮桌上，滿滿都是書。高聳的書架像是沉默的古木，房間成了一座灰暗的森林。

谷口打了個噴嚏，我嚇了一大跳。「這裡是圖書館嗎？」谷口揉揉鼻子，傻傻地問。書籍上面的灰塵很厚，房間裡也沒有燈，看不清楚標題。在書與書間的縫隙，擺放了各種珍奇藝品，它們像是來自世界各地，有不知名生物的獸角、裝滿沙子的金邊玻璃球、一把爬滿藤壺的彎刀。有一面牆上掛滿了面具，木刻的、陶土捏成的、金屬的、玉製的、鑲滿鑽石的、不知名動物的皮革做成的，面具在笑、在哭、在生氣，有些面具閉上了眼睛，就像在睡覺。

「這間房可能是被當成儲藏室了，我們趕緊把房門鎖好，下去向秋山夫婦說明吧？可能是有物品掉落造成的噪音。」其實我從來沒聽說過飯店裡有這樣的地方，但現在也只能這樣處理了。

「靜瑜姊，這裡眞的只是儲藏室嗎？」谷口插著腰，站在兩排書架之間。

書架的頂層擺滿了動物的標本，有猿猴、貂、豹、羽色鮮豔的鳥。房間裡的溫度很低，從房間窗框縫隙吹入的晚風十分寒冷，我身上僅著夏季的制服與薄外套，忍不住摩挲著膀臂取暖。

我其實不太確定，也給不出答案，但現在最重要的，是降低公關風險，把漏洞補上。亦即是將房門好好鎖上，安排秋山夫婦換房。

「我們要離開了，有機會再……」

話還沒說完，谷口便直直往房間深處走去。

「谷口！」我用氣音說道，下意識地跺腳。

即便是身高魁梧的谷口，他的身影也瞬間被房間吞噬，消失在黑暗之中。

「靜瑜姊，快過來。」不一會兒，谷口顫抖的聲音從書架縫隙傳出來。

我嘆了一口長氣，朝聲音的方向走去。空間擁擠，幾乎連踏腳的地方都沒有，我勉強從一疊又一疊書山之間的通道，走到了谷口站立的窗邊。

日光已完全被黑夜吞沒，在這新月之晚，天空是極深的藍。窗子在夜空的襯托下，如一面鏡子。這房裡所有的東西都蒙上了一層灰，只有這扇窗如此潔淨，彷彿有想要傳達的信息。走近一些，再仔細看，發現這面如鏡之窗中，除了我和谷口，還有另外一人。

是俯視的角度，像是從井口向下窺見的視野。在那，一位病床上的老太太，在如幻影的鏡之國中，安靜的躺著。

「怎麼會有人？我們趕快走吧，谷口。」我掩飾不住心裡的不安與害怕，拉著谷口的袖子。

「我剛剛也被嚇到了，但仔細一看……」

「不要再看了，谷口，這不正常！」我不懂為什麼谷口這麼執著。

「靜瑜姊，不要怕，這是我的阿嬤。剛才還以為自己看錯了，但眞的是她！」谷口說。

我鼓起勇氣，瞄了一眼。發現老太太身上插著好多管路，一旁還有生命監測的設備，病床的棉被上印著「中伊豆溫泉醫院」幾個字。幻影背後還依稀能見到森林的黑色輪廓。

「谷口的阿嬤死掉了嗎？」說出口才發現這麼說有點不禮貌。

「沒有啦靜瑜姊，現在是生病了，住院中。每天早上我媽媽上班前會去探望阿嬤，那時我媽會打越洋電話，讓我和阿嬤說說話。」谷口的聲音有些沙啞，也許是看到阿嬤的幻影讓他情緒有些波動。

「抱歉谷口，我不知道……」我拍了拍谷口的肩膀。

「阿嬤從小就很疼我，聽到我的聲音她會清醒一點，不然整天都在昏睡。」谷口伸手想要抓取什麼，即便如此眞實，但那終究是鏡子裡的幻影。

「阿嬤現在就住在這間『中伊豆溫泉醫院』嗎？」

「嗯嗯，我們老家在伊豆。」谷口擤了擤鼻子。

「如果是這樣，現在這面窗子投射的，就是此時此刻的畫面？」

「也許是吧……不然靜瑜姊試著站在鏡子前方看看？」

其實此刻自己還是很害怕，覺得這個房間充斥著恐怖的元素，感覺黑暗中隨時就會跳出來什麼。我知道現在需要拉谷口來壯膽。

「谷口，可以拜託你一件事嗎？」

「怎麼了靜瑜姊？」

「不要再叫我靜瑜『姊』了，我們沒差幾歲吧？叫我靜瑜就好了。」

谷口整張臉突然紅了起來，像是蘋果一般。他點點頭，傻笑著。看到谷口的反應，我緊張害怕的情緒舒緩了些。我移動腳步，站到窗戶前方。谷口一退到旁邊，伊豆阿嬤的身影便消失了。

首先浮現的是我的臉，有些茫然，粉底在一整天的忙碌後有點脫落，包頭也亂亂的，我用手梳了梳頭髮。這樣是不是眞的看起來有點老氣啊？我想。

另一位女孩出現在畫面中，一樣是俯視的視角，她靜靜躺在床上，就像是谷口的阿嬤一樣。然而不同的是，女孩身上只有一條鼻胃管，也沒有寫著什麼病院的被單，一切都是純白色的，如同清晨山澗中的濃霧，明亮的幻影。

女孩雙眼輕輕闔上，單薄胸口規律起伏，看上去睡得很沉。

「那是妳嗎？靜瑜。」谷口小聲地問。

的確，第一眼看上去和我很像，眉型、鼻子的大小、嘴唇的顏色。但那終究不是我，我清楚明白，那是世上唯一可能與我如此相像之人。

佩佩在某個遙遠且明亮的床鋪上，沉沉地睡著了。

我雙手顫抖，從制服的口袋拿出那份報紙影本——〈社會悲歌！年輕單親母，攜女至汽旅燒炭，發現時爲時已晚〉。

看了無數遍的報導，都可以背出來了。報導最後那位十二歲的少女送醫搶救。我以爲佩佩就此離世了，但眼前的畫面給了我一絲希望。

「靜瑜姊……靜瑜，妳的妹妹怎麼了嗎？」谷口問。

「我以爲她死了。」

就在此時，無線電響了。

雖然很想繼續待在這裡，站在這面如鏡的窗前，繼續看著佩佩，但秋山夫婦還在等待著我，飯店也還需要我。

闔上門的時候，我小聲地說：「再等我一下佩佩，我還會再來的。」

下樓時我和谷口都沒有說話，各自消化著那鏡之幻影的奇遇，從四樓下到三樓的電梯彷彿搭了一個小時。電梯門打開，三樓的氣氛和四樓截然不同，是極爲普通、有人活動的場所，是正常飯店該有的樣子。

「對不起……靜瑜，手可以放開了嗎？」谷口說。

我低下頭才發現自己抓著谷口的右臂，思緒從遙遠的地方被拉了回來。「不好意思。」我趕緊放手。

「谷口，你向秋山夫婦說明，說樓上倉庫有貨物掉落，目前還在整理中，我到櫃台安排他們換房。」我背對谷口，向著電梯的鏡子整理自己的制服。

「知道了，靜瑜。」谷口乾脆地說。

之後我們再沒有收到秋山夫婦的抱怨。但我心裡也明白，那間403房，才是真正的核心問題。

日籍會員團總共在飯店住了五天四夜，第五天的早晨，進行最後一次的林間散步導覽後，貴賓們在大廳準備Check-out，乘專車前往機場。

櫃台開始辦理退宿時，谷口消失了。

此時，會員團中年紀最長的老奶奶表示她的隨身包不見了，裡頭放著皮夾和護照。櫃台亂成一團，總經理臉色有些難堪。房務人員已經針對老太太的房間做過仔細的搜尋，餐廳外場、大廳、溫泉區的置物籃都找過了，全員出動大搜查，依然沒有包包的蹤影。

老太太試圖解釋狀況，但溝通不太順利。我不斷用手機聯絡谷口，想請他協助翻譯，但電話那頭依然是沒有訊號的狀態。

「那個媽寶到底在幹什麼？整天只知道打電話回日本。」櫃台職員開始抱怨。

「是阿嬤寶啦，早上他不是還去導覽？到哪裡打混了吧？」另一位職員小聲地說。

「如果你們還要繼續言語霸凌同事，我會向上級報告。如果對谷口有什麼意見，請直接告訴我，我是他的責任主管。」我對著那兩位櫃台職員說道，特別加強了語氣。我是個內向的人，但偶爾，還是會碰到不得不出聲的時候。

她們兩人無言，低頭道歉。

潔白燙平的襯衫、整齊的包頭、幾乎無雜髮的後頸、得體的妝容，這些是我的鎧甲，裝備那個害羞內向的靜瑜。即便可能看上去有點老氣，需要時還挺管用的。

此時谷口從正門衝了進來，他滿頭大汗，手上拿著一個女用背包。他氣喘吁吁地說：

「她的包包忘在瀑布那裡了，應該是早上林間散步的時候……」

從飯店到瀑布的步道總長一．五公里，來回大約要四十五分鐘，車輛無法通行。谷口在得知背包不見的第一時刻，便啓程奔往瀑布。最後讓會員團順利登上前往機場的專車。

上車前，那位老太太擁抱了谷口，再次感謝他。谷口也微笑著，眼眶有些濕潤。

我們列隊站在大廳玄關，向巴士上的貴賓鞠躬。

「那位老太太讓我想起阿嬤。」看著逐漸遠去的巴士，谷口一邊揮手，一邊說。

「所以你才快步跑回瀑布拿背包？」

「阿嬷昨天晚上過世了。我又去了403號房一趟，想從窗戶再見她一面，卻什麼……也看不到。」

我抬頭望向谷口，背著光，他的側臉隱藏在陰影之中。

「你的阿嬷一定以你為榮。」我說。

「唉呀，真的好想念她喔，想馬上就衝回日本，哈哈哈哈。」谷口一邊笑著，一邊靜靜地流著淚。

「還好把你抓來我的團隊，你真是個溫柔的傻子。趕緊去請喪假吧。」

「謝謝靜瑜，我沒事了，這樣也可以省電話費啊，很貴呢。」谷口揉了揉鼻子。

「是啊，我也可以安靜地吃早餐了。」

我們並肩走回飯店，臉上同時掛著複雜的微笑。

「靜瑜，你也要珍惜那位窗裡的人喔……」谷口靠了過來，彎下腰，小聲地說。

一陣風沿著月影溪吹入山谷，夏草與樹葉迎風輕輕搖曳，沙沙沙沙地響。與此同時，悲傷與希望的氣息也同時拂過我的心頭，生與死的巨浪終日拍打著，也許那位被母親帶去汽車旅館的十二歲女孩，還在某個我不知道的遠方，堅強地活著。

「那可能是你在這世上，最牽掛的人。」谷口說。

赤日

# 11 親愛的弟弟眞承君

【第一封信．訣別書】

伊東眞承：

我寫這封信的當下，艦艇正以全速前往太平洋的另一端。

而你收到這封信，只代表一件事，我死了。

不論這場戰爭最後是如何結束的，我都還是要告訴你：

親愛的弟弟，我想跟你道歉，我欺騙了你。也許你也早就知道，我離開白神村的那天，要去的方向。

對不起。

我沒有後悔把你背上山，喝下月影溪早春的第一口泉水。如果從頭來過，我仍會背你去那裡，即便會因此失去一足，我仍願意。

那日在山裡，已死過一次；重生的我，究竟要前往何方呢？

想要用我們兄弟發現的技術來解救更多的苦難之人，來終結這場戰爭。我明白，答應過你，僅能用這力量來幫助人，某種程度上，我對你撒了謊，對不起。

我召集了一群有殘缺的戰士們，雖然身體上有遺憾之處，但我們捍衛民族的心，是真誠且堅定的。看到這裡，你也許會很生氣，可能會憎恨我。我也清楚明白，你覺得這一切是無意義的，但願你體諒。

我想告訴你，我們當時的假設是正確的——「手勢是重要的、默想是品質的關鍵、肌無力的狀態是必須的。」當我發現這一切是可能實行的時候，我第一個就想告訴你，感到很興奮、很不可思議。

透過藥劑與繪畫，我們讓這些刺殺小隊的士兵，不斷地訓練短距離的躍動，並且在過程中不斷灌輸他們刺殺的指令。這些士兵便開始作夢，一個又一個的，在夢裡面出現前線那場會議的畫面。我們透過一位非常有天分的畫家，將那個畫面繪製出來。他們在不停地訓練過後，可以完成一定距離的傳送。在我有限的測試中，大約能傳送兩千海里。

讓他們相信刺殺這件事很重要。

我們每過一段時間，就會送走一位士兵。他們以畫作爲媒介，踏上敵國的領土，進行精準的要害打擊任務。在我之前，已有多名戰士踏上這趟光榮的旅程，那有去無回的壯麗長征。因是機密任務，他們慷慨赴義的故事將會是無人傳唱之歌，所以也請你保密，如此才是珍惜英靈高貴靈魂的態度。

作爲這些士兵的長官，我感到無比的光榮，任何的戰果，都是用他們的血與汗所交換來的。如今，我也即將啓程，在刺殺敵國司令後，與我的同袍在天國相遇。

離開白神村時，你給了我一枚玉佩，我天天帶在身上，思念著你與家鄉。

每次傳送時，都對你感到羞愧與抱歉，總會將玉佩握在手中，將其隱藏，好似擔心被你看見一般。

我將這項技術命名爲「隱玉」。

另一封家書請代我轉交給父親大人。
眞承君，願你記住我，帶著堅強的意志，成爲勇敢的人。
我與母親會在天上繼續看顧著你們。
替我向父親與家族請安。

昭和二十年七月〇〇日
哥哥，伊東眞司敬上

【第二封信．家書】

閱讀完畢請立刻銷毀。
閱讀完畢請立刻銷毀。
閱讀完畢請立刻銷毀。
眞承，這封信是眞正重要的訊息，我說明白一些：這場戰役，我們已毫無勝算。透過前線的情報，以及刺殺小隊的諭示，我們深知頹勢已定，鬼畜米帝將發動最後致命武器，打擊我國軍事設施，終結這場戰爭。這次打擊將造成大規模的浩劫。

打擊地點目前選定我們的家鄉——京都。

此刻，我與最後的刺殺隊員，將前進決議攻擊家鄉的祕密會議，不知道是否能來得及挽回，或是說服敵軍改變致命攻擊的地點。

因此我需要眞承你，告知父親以及仍在京都的家人，暫時躲避戰火，直到戰爭結束。

這封信若是曝光，將使我們家族，以及其餘隊員蒙羞，更會讓這場祕密刺殺行動以失敗告終。因此，請你閱讀完畢後立即燒毀這封信件。

伊東眞司敬上

閱讀完畢請立刻銷毀。

閱讀完畢請立刻銷毀。

閱讀完畢請立刻銷毀。

月影

# 12 秋月晚宴

親愛的蘇靜瑜小姐：

誠摯邀請您，於十一月七日傍晚五點三十分，蒞臨寒舍，共進晚餐，歡迎攜伴前來。

願一切如滿月般

方政濱（佐野昭）敬邀

秋日來臨，遠方山林可以看見提早轉紅的葉，一陣陣雲霧帶走暑氣，入夜的月影溪畔漸漸由涼轉冷。某個禮拜五的早上，一封邀請函插在我平時工作櫃台的電腦鍵盤上。我詢問了夜班的同事，說是司機方先生留下的信。我這才想起第一天上山時，在巴士上與方先生一同用餐的約定。也是這時我才知道方先生的全名，以及他的另一個稱呼：佐野昭。

詢問了前輩，他們說許多來月影上班的員工都會收到方先生的邀請，只要上山的第一趟巴士是方先生開的，他基本上都會邀請共進晚餐。

「去了就知道。」不知道爲什麼，當詢問受邀過的前輩，自己是否應該赴宴時，他們都說了同樣的話，並露出意味深長的微笑。

下班回到宿舍，又仔細看過一遍邀請函，發現是用深藍色墨水寫的鋼筆字，海軍藍中摻有銀粉，字跡工整。

我終於知道那年父親過世時，那些信件是誰寫的了。那麼幫助我的那些款項呢？是否也來自方先生，也許只有當面詢問，才有辦法釐清了。

「聽起來就是很照顧後輩的老先生。」下班後我坐在宿舍的窗台上傳訊息給 Seliyap，房間裡有無線上網，但訊號也不是很好。關於邀請函內容，她如此回應。

「是這麼說沒錯。」我嘆了口氣。

「那妳的顧慮是什麼？不知道怎麼和長輩互動？」

我告訴Seliyap，面對旅客是我的專業，而且我可以躲在西裝制服的後面、櫃台後面、住房系統後面、前輩們的後面。而在工作應對上，面對下屬，我可以游刃有餘地展現上司的氣魄；對於上司，則是遵守工作間的倫理秩序即可。但像方先生這樣有點超出自己守備範圍的角色，自己實在不知道該怎麼應對。

「妳需要一面牆，或是玻璃在妳前面。」Seliyap如此說道。

「嗯，我喜歡在冷氣房裡看海、看山，不喜歡站在很熱的海灘或很冷的山裡。」

「這什麼奇怪的比喻？」Seliyap的話停在這裡好一陣子，軟體一直顯示她在打字中，最後她傳來一句：「十一月七號嗎？他說可以帶朋友嘛？」

「Seliyap要來嗎？我還可以約上次跟妳說的那個谷口一起去。」

Seliyap沒有正面回應我，只是說她會努力看看。

那個週末迎來了我上工以來，遊客數一數二多的假期，我被安排支援餐廳外場與林間散步導覽活動的工作。一有空，我就會進到訂房系統裡，看看有沒有出現Seliyap的名字。

眞正走進山林後，才會明顯感受到四季、花期、雨水這些東西。對於自然有了認識，這些葉與花，就有了名字，也會更留意它們時時刻刻的變化，每次健行都會期待看到一些些轉變。

山林不會背叛你，但人會，這是我在山裡面學到的道理。開始工作後，常常要面對到人性的醜陋，而每一次走進山林，就更顯得這些動植物的可愛。水鳥擺動尾翼，高頻鳴唱；秋日的銀杏逐漸金黃，遍地細扇。沒有暗算、沒有心機，誠實地隨著月影溪的水聲，四季更迭，安靜滋長。

谷口在他阿嬤過世後第三天，搭機回國奔喪。原本預計要在日本待上兩週，卻不到一個禮拜就回來上班了。

「我阿嬤託夢給我，希望我能好好工作。」谷口這麼說。

我們有默契地沒有將403房的祕密外傳。我慢慢覺得，是那個房間找到我們，而不是我們發現了它。那個空間應該是從飯店建造後就存在了，一直沒有人談起這個神祕空間，自然有道理。

下班後我偶爾還會去403房，從那鏡之幻影中，看著靜靜躺在白色床鋪上的佩佩。佩佩一直躺著，從未見過她起床，甚至沒看過她翻身。她的鼻子上有一條鼻胃管，我不太知道這代表什麼意思，是沒有力氣吃飯？還是有其他的用意？有一回，我看見佩佩的床邊出現了人，幫助佩佩翻身，以濕毛巾擦澡。

有時候我會一整晚待在那，裹著毛毯，看著窗子裡的幻影，直到天明。

我感覺這不是一件很健康的事，這種虛幻的陪伴感，很容易讓人深陷其中，想要振作，卻一次又一次地來到此地。

現在進出403房已經不太會害怕了，雖然那些書籍妨礙進出，但也給了我一種被保護、隱藏起來的感覺。進房前，我依然會敲門，告知我的到來；離開時則會小心不被人撞見，闔上門後，輕輕地和佩佩說：「我還會再來。」

如果那從鏡子看見的，像谷口所說的並非幻覺，而是此時此刻對於心愛之人的投影。那麼，這就代表佩佩現在就躺在某個我不知道的地方。但是確切位置在哪？如何前往，都是問號。

Seliyap 一週後打過來確定可以前來，我用員工價訂了面溪的兩人房。我第一個動作就是確認住房的有幾位，聽到一個人的時候，不知道爲什麼安心了很多。

我總是有種不切實際的想像，非常自私地希望可以擁有一個人完整的友誼，即便自己也明白，那是不可能辦到的事。對於谷口、Seliyap 都是，我很珍惜這些關係，因爲自己已經失去太多。

有時候也會想，如果妹妹佩佩還在身邊，會不會一切都順利很多？畢竟大多時候，她都是較爲勇敢的那個。記憶中，妹妹幾乎沒怎麼哭過，偶爾因爲一些小事鬧脾氣，但眞的掉下眼淚的時候很少；反倒是我從小想東想西，常常躲在角落或被子裡哭泣。若是佩佩在身邊，一定可以一起交到很多朋友吧？世界也許會更加寬闊。

當天下午Seliyap搭乘巴士來到飯店，她穿著短版的T恤套著丹寧外套，深灰色寬褲和一頂棒球帽。她站在飯店的大廳望著天花板良久，拿起手機拍了好幾張照片，很多旅客都會這麼做，那走進大廳的震撼感眞的令人印象深刻。歇山頂式的木造屋頂，搭配著大面的天窗，營造出陽光從葉隙灑落的氣勢。

Seliyap看見我後，直直地走了過來。

「您好，辦理入住嗎？訂房大名是？」我露出專業的微笑，看著Seliyap。

「大美女。我叫大美女。欸欸，靜瑜，可以幫我升級高級套房嗎？」Seliyap開玩笑地說。

Seliyap說這話的時候，不巧飯店經理正在後方，我沒辦法和她開玩笑。氣氛甚至變得有點尷尬，電腦系統又不巧在這時卡住，讓我更加不知所措。

「靜瑜，妳要不要帶這位客人去她的房間？畢竟她的房間位置比較偏遠。」一旁的谷口說道。

我們櫃台一般是沒有帶客人至房間的服務，除非行動不便或有特殊需求的旅客，況且Seliyap的房間根本也不特別偏遠。谷口這善意的謊言，應該是敏銳地察覺到了什麼。

去Seliyap房間的路上我們都沒有說話，電梯裡、走廊上，只有我倆走在地毯上的腳步聲。到了房間的玄關處，我將她的行李放好後，一時間不知道要說些什麼。心裡有一點點生氣，因爲Seliyap的任性小玩笑，差點害我在前輩面前出糗。午後大落地窗外的植物光灑進房裡，木漏之影在Seliyap麥色的臉上跳動著。

「我以爲，妳很希望我來呢。」Seliyap淡淡地說。

又搞砸了，我想。也許我就是這樣令人厭惡的傢伙吧？雜木林中有雀鳥的聲音，除濕機穩定的運作著。

「還是說我現在就回去？退房。」

我想起佩佩被媽媽帶走的那天，沿著大圳邊離去的車子，後座的她，小小的背影。那天我沒有下樓和她道別，只是站在房間的窗邊，一直看著，一直看著。

下一秒，我一個箭步上去將Seliyap緊緊地抱著，沒有縫隙，彼此的心臟貼在一起的。

「我不能再放妳走了。」我安靜地說。

Seliyap好像也被嚇到了，我們維持著那樣的姿勢好一陣子，她的肌肉緊繃，但沒有逃避。

最後她揉了揉我的頭髮，笑了出來，我抬頭望著那笑容。

「好啦，對不起啦。瑜不是小主管嗎？妳剛剛就應要很有氣魄地用手刀敲一下我的頭說：『才沒有什麼大美女咧！』吐槽一下呀！」

「哪有高級飯店會這樣的啦。」

「嗯，這個吐槽不錯。」Seliyap眨了眨眼睛。

我跟Seliyap約好五點鐘在櫃台前會合，我交完班就與她、谷口一起去找方先生。一整個下午，我都在期待著。雖然忙碌，但很快樂。

四點五十分Seliyap出現在前台，我剛好交完班，便套上了一件牛角釦短羊毛大衣跟著Seliyap並肩走出大廳，她身上有浴場沐浴精的味道，我知道她剛去泡過溫泉，皮膚透著柔潤的紅。

谷口也換上了俐落的飛行員夾克，在後面跟著，一邊摸著肚子說好餓好餓。

傍晚的山林很涼快，暮蟬鳴唱著，我們沿著月影溪往源頭的方向走。

「就只有一條路，直直走就到了，會在路邊看到一個紙廠的遺跡。」飯店的前輩是這麼說的。

「要牽手嗎？」Seliyap說，像以前高中那樣。

「好呀。」我感覺心情也輕快了起來。

「現在肌無力還會發作嗎？」Seliyap在我耳邊小聲地問。

「還是會累，但有吃藥了，比較能控制。」其實上山後肌無力的症狀好像莫名有得到改善，也許是規律的作息加上新鮮的空氣？不確定，但的確一次嚴重的發作都沒有發生過。

「那誰可以牽我的手？」谷口跟在後面，雙手插在夾克口袋裡，嘟著嘴問。

「左手牽右手囉。」Seliyap笑道。

「這樣太可憐了。」我順手摘下一片菖蒲葉子，將細長綠葉的一端遞給谷口。「來吧，一起走。」我說。

世界是藍色的，山脈後方是秋日的雲，雲朵有藏青色的凹跡，顯得十分立體。月亮很大很圓，讓人有此處引力有所不同的錯覺，谷口、Seliyap與我腳步輕盈，牽著手向坡道的上方步去。

「餓嗎？」我問Seliyap。

「泡完溫泉後非常餓。你們這裡的溫泉好像很厲害，寫說是從月影溪的源頭接過來的泉質，有奇妙的療效。」

「我還沒有泡過這裡的溫泉呢。」谷口說。

「看來你的主管非常壓榨員工。」Seliyap用手肘戳了戳我。

「靜瑜先輩非常照顧我們，很負責。」谷口拉著菖蒲葉子的手，更用力了一些。

「喲，嘴巴這麼甜，是想要加薪了嗎？對了！谷口你知不知道靜瑜的夢想？她說要當全台灣最大……」

「Seliyap！」我用雙手摀住Seliyap的嘴巴。

「要請我們吃飯的大哥，我今天好像有見到他，他是不是開巴士的司機？」Seliyap邊笑邊問。

「沒錯，有一頭整齊的白髮。」谷口補充。

Seliyap說：「感覺是個紳士呢。」

「很奇妙的一個人。」我說。

「人家都說，在大餐廳門口掃地的，常常都是老闆。會不會這位開車的方大哥也是什麼飯店高層？」Seliyap說。

「想吐槽妳，但好像也有一點道理。」我決定，等一下一定要問清楚關於之前的信。

「妳們認識很久了嗎？」谷口問。

我向谷口說明，和Seliyap是高中室友，還曾被Seliyap救過一命。我們就這樣一邊閒聊，一邊沿著月影溪漫步，忘記了上坡的疲憊。

就這樣走了大約二十分鐘，不遠處浮現了一個小聚落，有許多低矮的房舍，但看上去都早就無人居住，大自然奪回了她的土地，破損的窗裡長出大樹，斑駁的磚牆上蔓生刺藤與青苔。只有村口一間房舍的燈火仍是亮的，院子也仔細整理過，圍籬邊的菖蒲茂盛生長著，一排的紅榨楓已漸漸轉紅。車道上停著一輛墨綠色的保時捷房車。

「靜瑜，歡迎你們來。」方先生站在門廊，他穿著有雪花圖騰的毛衣和灰色煙管褲，手上戴著烤箱的隔熱手套，頭髮還是如雪一般的白。

「方先生好，這是我的朋友Seliyap和日本見習生谷口。」

「也歡迎你們，快進來吧，應該很餓了？」

「方大哥，這是你的車嗎？」Seliyap看著車道上的保時捷，又轉頭對著我用嘴型說：「我就說吧！」

「是的，等一下可以開車送你們回飯店。」方先生說道。

方先生的家是一幢簡樸的木屋（如果無視門口的保時捷的話），沒有電視，但有非常多看起來很古老的書，靠窗處有一張看起來舒適的搖椅，上面睡著一隻白色布偶貓。屋子裡飄著烤麵包和馬鈴薯的味道，書架音響正小聲地播放著音樂。

「隨便坐，地方不大。」方先生從烤箱拿出了一隻烤雞，空氣裡瀰漫著香草的氣息。方先生在我們的酒杯裡倒了葡萄酒，我對酒類沒有研究，但一聞就知道是品質很好的酒。

「有什麼我們可以幫忙的嗎？」我看著方先生忙進忙出，有點不好意思。谷口也有服務業精神，不斷站起來想要幫忙。

「謝謝你們，我很習慣做菜和招待，我的祖父做過日本廠長的管家，好幾代都是。」方先生說道。

「我們又不是什麼貴族。」Seliyap小聲地說。

「你們都是飯店的貴賓，身爲月影溪谷飯店的老闆，我必須好好照顧你們。」方先生說這句話的時候，端著有馬鈴薯泥的陶碗，在我們的盤子中添上食物。

「太讓人吃驚了！」谷口詫異開口，我和Seliyap隨著應和。

我此時此刻才知道，那些前輩們意味深長的微笑代表著什麼。原來眼前的白髮先生，就是在日本擁有好幾間度假中心，插旗台灣的日企大老闆。難怪來飯店第一天方先生帶著我到處拜訪上司，大家都那麼客氣。

「不用過度驚訝，只是台灣區的，目前也就只有這間。」雖然方先生謙虛地表示，但月影溪谷飯店是此刻全台灣規模最大的度假飯店一事，仍無法動搖。

「方老闆，爲什麼你一個大老闆要住在這麼偏僻的小木屋裡？」驚訝過後，我第一個問題是這個。

「靜瑜，我知道妳可能會有很多疑問，但我們先用餐吧！而且叫我方叔叔或方先生就好了，我不喜歡那麼沉重的頭銜。」方先生回答。仔細回想，的確在飯店裡沒有人稱他爲老闆，也許這是他一貫的作風吧。

那晚，我們吃著脆脆的烤雞、新鮮且調味高明的馬鈴薯、山蘇莎拉、方先生自己烘焙的麵包，愉快地聊著。Seliyap可能因爲不是月影的員工，反而能更無拘束地跟方先生談天，我在一旁喝著葡萄酒也聽得很開心。

「所以方大哥的老家是在白神村？」Seliyap擅自選擇了「方大哥」這個稱呼。

「明確一點，應該是舊白神村，也就是現在這區。我的祖父曾在這裡工作，擔任紙廠老闆的管家，戰後便隨著軍隊回日本了。我是在日本出生的。」

白色的布偶貓不知道什麼時候跳到我的膝上，窩成一團白球，我輕輕地摸著牠。

方先生從書架上取下一張相片，是一群人站在紙廠前的黑白合照，中間是一位穿著日式軍官制服的男子，右膝以下被截斷了，裝著義肢。下面一行字寫著：「預祝武運昌隆，伊東眞司光榮出征。（攝於台中州能高郡埧丸造紙廠）」

「我的祖父是這一位，他當時也跟著家裡的少爺一起出征。」方先生指了人群中一位瘦高的男子，又指了那位截腿的士兵。仔細一看，瘦高男子與方先生確有幾分相似，只是頭髮是黑的。

「方先生在日本出生，中文卻說得非常好呢，完全聽不出日文口音。」Seliyap 喝了一口葡萄酒。

「因為要和中國人、台灣人做生意才去學的。方政濱這個名字，也是為了生意來往方便自己取的名。」

「方先生的家族，從好幾代前就與這塊土地緊緊地綁在一起了。」我說。

「方先生怎麼會回來這裡呢？」谷口問。

方先生用紙巾擦了擦嘴，說：「我很小的時候，祖父就會跟我說白神村的故事，告訴我月影溪有多美，這裡的銀葉樹森林有多迷人。我一直覺得，對他而言，這裡才是家鄉吧？」

「所以方先生才會回來這裡蓋飯店，紀念你的祖父嗎？」谷口問。

布偶貓從我的腿上跳了下去，在餐桌下伸了個懶腰，靈巧地跳到了書架上方。方先生繼續說：「我的祖父，被他服侍的家人救了一命，就是那位一同出征的少爺。我們世世代代都感念那份恩情。」

「是怎麼被救一命？在戰爭中嗎？」Seliyap問。

「關於這個，我祖父一直沒說清楚，在那個年代的戰場上，有許多不能明說的祕密。總之，我的祖父存活了下來。」

霧面的玻璃窗上，有花園裡楓葉的影子。隨著溪谷的風，輕輕搖擺著。

「靜瑜應該有收到我寄給妳的信吧？不好意思打擾您了。」方先生突然問起。

「有的，款項也有收到。很謝謝方先生。」

「款項？原來靜瑜背景這麼硬！」Seliyap開玩笑。

「方大哥怎麼會認識靜瑜？」谷口問。

「這個說來話長。簡單來說，月影集團一直和台灣的學校餐飲科系合作，還有短期實習的方案。我們特別關注一些有需要的孩子，但這些都是台面下的事，只有非常核心的幹部會參與。」方先生又開了一瓶葡萄酒，將我們的玻璃杯添滿，自己則是喝著蘋果汁。方先生一再保證，我做為飯店的員工，絕對不是要來償還他當初匯給我的錢，工資還是和同事們一樣。

我感覺方先生雖然說明了很多，但還是有些事刻意避而不談，例如那些闖入房裡的黑衣人，以及那日是如何透過一通電話拯救我的。這其中是否有其他不可告人的祕密，我決定暫時不追問，待方先生覺得時機對了親自告訴我。

「所以才會在這些學生中看到靜瑜，谷口也是？」Seliyap說。

「是的，谷口很優秀，成績非常好。靜瑜也很上進且目標明確，卻有很沉重的負擔，我們在不影響校方運作的前提下盡力幫忙。這一路上辛苦了，靜瑜，我們都知道妳的努力。」

我將頭低了下去，腳趾摩擦著鬆軟的地毯。曾經自己覺得，好孤獨好孤獨，所有的親人都離開了，被重症肌無力纏上，憑著自己那份與妹妹可笑的約定——要成為全台灣最大飯店的老闆，孤身一人在黑暗中前行。「我真的是拚盡了全力才來到這裡的啊。」我對自己說，我一邊苦笑，一邊感覺淚水在眼眶打轉。

但我真的是一個人嗎？

在這舊白神村的小木屋裡，聚集了世界上我僅存的力量，有脆脆的烤雞、美麗柔軟的貓、有方先生、有谷口、有Seliyap。不幸與幸福同時並存，我感覺自己在黑暗的道路上，默默地撿拾著幸福的碎片，這些片刻的幸福使我可以繼續勇敢地走下去。也許可以一路走，找到佩佩也說不定。

飯後，方先生手沖了一壺咖啡，又從冰箱拿出伯爵蛋糕。書架音響播放輕快的爵士樂，赤著腳，Seliyap帶我和谷口跳舞，不是什麼複雜的舞蹈，我依隨微醺的酒意牽起Seliyap的手，跳著笨拙的舞步。

跳完舞，Seliyap與谷口在餐廳用逗貓棒跟布偶貓玩捉迷藏，我則是捧著熱咖啡，與方先生一起走到露台處。方先生抽起了雪茄，對著明亮的月呑吐著。

「方先生，我想請問一個問題。」十一月月影溪畔的寒意漸濃，我坐在有軟墊的藤椅上，把腳收進屁股下方。

方先生沒說話，只用雪茄的微光在空中點了一下。

「月影溪谷飯店裡，是不是有什麼不尋常的地方？」

「不尋常嗎？」

「嗯，像是祕密房間或是傳說之類的。」

方先生側身倚在杉木圍欄上：「怎麼會這麼問？」

「有一間房間，西館的403號，那裡是不是有什麼？」

方先生沒有馬上回答，靜靜地把雪茄抽完。秋夜裡，可以聽見木屋內谷口與Seliyap的玩鬧聲、輕盈的爵士樂、溪水聲、草叢裡的夜蟲。清冷的月光將方先生的白髮蒙上一層銀藍的光澤。

「在這座白神山上，存在著許多奇妙的場所。這些地方都擁有著非比尋常的力量，足以改變命運的東西。」

「改變命運……」

「靜瑜還記得那些想要闖進宿舍襲擊你的人嗎？有人在計劃性地想要奪取這些。」

我想起了那些穿著黑色西裝的男人，敲打宿舍房門的殘響，彷彿從未離去。

「方先生把飯店蓋在這裡，也是要保護這些東西吧？」我問。

「眞是非常聰明呢，果然是立志要成爲全台灣最大飯店老闆的人。」

我感覺到臉頰熱熱的，也許是喝了葡萄酒的緣故。

「目標與追尋是雙向的，且同時在進行。」方先生豎起兩根手指，左右靠近。「一個人要非常努力，並且渴求，地點才會向他靠近，房間也才會爲你打開。

「靜瑜，我想讓你明白，月影集團不是無故資助妳的。從歷史的經驗中，我們觀察到一些特殊體質的人們，在適當的訓練與刺激後，可以開拓出超越凡人的極限能力。不知道妳還記不記得，小時候妳們全家會去一間旅館慶生。我們的夥伴在那裡觀察到妳身上，有著如璞玉般的東西，我們幫助妳打磨，希望有一天妳能發光，與我們一起對抗黑暗。」

方先生從毛衣的口袋拿出兩封信，信紙泛黃斑駁，但明顯是品質很好的紙，經過歲月的摧殘仍未風化。一封信的標題寫著「訣別書」，另一封標註著「家書」。

方先生把信交給我，我清楚感覺到時代的重量壓在手心上。

「我很喜歡用筆寫信，從一個人的筆跡、力道、墨水的選擇，可以看出很多東西，也隱藏著很多心意在裡頭，那是打字無法代替的溫度。」

「方先生，這兩封信是寫給誰的？」

「是這一位哥哥在很久以前寫給弟弟的信。請靜瑜回去仔細閱讀，好好思考這書信的意義。如果妳明白了其中的意涵，也許，妳可以見到那位妳日夜思念的人。這或許也是一種考驗，如果通過了，妳就會明白。」

谷口睡著了，可能是喝了太多葡萄酒的關係。方先生開著他的保時捷載我們回飯店，我陷入了長考之中，一直不知道要如何開口，腦袋裡太多東西在轉。車窗外的森林十分明亮，月光透過葉隙灑落林地。Seliyap 說看到鹿群在溪水邊喝水。

回到飯店門口，幾位工作人員已在玄關處等待，準備將醉倒的谷口接回宿舍。方先生囑咐員工天亮時再確認一次谷口的狀況。

我與 Seliyap 雖然有些腳步虛浮，但還算清醒。我們再一次感謝方先生的招待。

「信，不要給別人看。」方先生下車前提醒我。

我拍了拍口袋裡的信紙，點了點頭。

「晚安了，二位，祝你們入住愉快。」

「晚安，方先生。」我與 Seliyap 一同說。

走進大廳，我第一次感覺到這裡真的是度假飯店。月光透過屋頂的天窗灑入，烤爐裡的火焰愉快地跳動著。此時，我暫時不需要去煩惱工作的事，腳步輕鬆，臉上掛著微醺的紅暈與滿足的微笑。美好的夜晚還尚未結束。

我送 Seliyap 回到她的房間，跟她說晚安。

「瑜，要再進來坐坐嗎？」Seliyap 側倚在門框上。

「好啊。」我笑著回答。

寒氣在深夜爬進Seliyap的房裡，我們在柔軟的床上分享著彼此的體溫。Seliyap睡著後，我看著秋日的月光輕輕包裹著她的皮膚，肌理之間有藍色的陰影。我用指尖滑過Seliyap的背，靠近一點聞，是土地、雨水、甜酒的氣息。

未讀的信，以及這座山、方先生口中的黑暗、這間飯店裡的祕密，如同滿月時天上的星，難以察覺，但確實存在著。謎團仍在腦袋裡漂浮著，我翻了身，望著牆上淡淡的影子。

「如果妳明白了其中的意涵，也許，妳可以見到那位妳日夜思念的人。」方先生說的話，是什麼意思？我也有機會再和妹妹相遇嗎？我打了個哈欠，閉上眼睛。意識終究像是沉入山稜的明月，被如濃密黑夜般的睡意籠罩。

赤日

# 13 夏夜鵜飼

「月影溪裡也有香魚喲。」來到白神村的第一個夏天，哥哥伊東眞司便告訴我。那時的我還非常虛弱，幾乎整日臥床，待在陰暗的閣樓裡，偶爾從敞開的窗，望著月影溪的粼光。

我總覺得，是哥哥將季節帶進我的生命裡。每一次他衝上閣樓，和我訴說著外面的世界，那四季流轉的脈動與氣息，才會透過那敞開的門縫，走進我的房裡。

在我們很小的時候，父親曾在京都的夏夜，牽著我們兩兄弟的手，到宇治川觀賞夜間的鵜飼。入夜之後，漁夫帶著數十隻脖子上纏著細線的鸕鷀入川。火籠點亮的一瞬，猶如花火擦亮夜空，千百隻小香魚躍出水面，鸕鷀入水捕魚。由於脖子纏著細線，當鸕鷀想要吞下香魚的時候，魚會卡在喉處，這時漁夫就會將鸕鷀拉回船邊，取出口中的魚，再將鸕鷀放回河中。

「好可憐喲。」我記得當時哥哥說。年幼的我，用雙手摀著自己的脖子，彷彿也能感受到鸕鷀頸上的線。

到現在，我還記得幼時那種想像中，脖子被人緊緊勒住的感覺。無法飛離漁夫的身邊，一次又一次被宿命拉回原處，回到自己的病榻。對我而言，那纏繞的細線，便是我自身的疾病，無力的窘境。在喝下月影溪早春的泉水後，細線得以斬斷，我再一次獲得自在翱翔的權利。只是夜深時分，仍會感覺到那股不安，隨時可能湧上的失重無力，是脖子上看不見的勒痕。

某種程度上，我覺得自己和哥哥是一面完整的圓，如同滿月一般。而當哥哥離去後，我感覺到生命中的一半被奪走；即便疾病得到了緩解，那失去的東西是永遠也無法補齊了。

從哥哥離開白神村的那一刻起，我就知道他不會再回來了。

飲下月影溪早春的第一口泉水後，我的肌無力症狀得到緩解，雖然還稱不上是完全健康的身體，但對我而言，不必整日臥床已是十分幸福了。我開始在父親的造紙廠裡工作，幫忙處理一些管理性的庶務。

每個月的月初以及月中，會有三輛貨車從山下帶來造紙的原料以及一些我們伊東家需要的日用品。裡面也會有一些從日本寄來的書籍，大多是小說以及一些歷史傳記。

昭和二十年，哥哥離開白神村後的初夏，父親託人從日本帶來一組專門用來釣香魚的釣竿。釣香魚必須使用「鮎の友釣り」，友釣法。透過身體被穿上鉤子的香魚，去誘使溪流裡其他的香魚前來玩耍或是攻擊。魚兒上鉤後拉回來，把騙到的香魚解鉤放入魚簍，再將身上穿鉤的魚放回水中，繼續誘耍其他的香魚。

我常在清晨時分獨自前往月影溪釣魚，幾個月下來，慢慢掌握了這項釣魚技術。做爲誘餌的魚，幾次拋出又拉回後，會慢慢沒有力氣，泳姿也變得奇怪，最後再也沒有其他魚來找牠。把沒有力氣的魚丟進魚簍中，其他剛釣起的魚還會想跟牠玩，直到做爲誘餌的魚死去。健康的香魚會有瓜果的清香，而累死的香魚不會有那種香氣。壽司店也不收作爲誘餌的香魚，因爲其肉質鬆散，且魚體有傷。

看著香魚輕啄著死去的同伴，我常會想起月影溪源頭，哥哥失去意識後，我拚命呼喊他的那夜。

在戰爭走向結尾的此刻，我仍時常回憶起哥離去至今發生的一切。

大概在哥哥出征後一個月，我開始在房間的窗上看見幻影，起初還以爲自己眼花了，無力的症狀又發作。直到一次看見到人影，因爲恐懼，所以把窗簾拉了起來。又過了一個禮拜，終究還是在好奇心的驅使下，再次開啓窗簾，一看究竟。

沒想到竟然看到哥哥的影子。他在一個像是船艙的空間中，與一名銀白髮的女子上床。雖然早知道哥哥在村子裡到處留情，與多名女工有私交，但親眼見到他正在做那件事，還是感到非常古怪。

當時看到這個畫面，頓時苦笑了出來。我想，即便戰爭如此無情，離別如此傷心，哥哥還是原本那個性慾旺盛的傻子。

恢復體力後，我的身體也日益茁壯，每天吃進去的東西，是以往的三、四倍，彷彿是要追逐這幾年失去的成長似的，長出了肌肉，甚至還長高了兩公分。除此之外，我也爲自己規劃了高強度的體能訓練，想要趁自己體力充足時，把自己的身體練結實一些。幾個月下來，我的胸膛逐漸挺出，四肢也出現了肌理線條。和哥哥一樣，也許是賀爾蒙的刺激，自己默默地也出現了那方面的需求，開始與女孩子私會，發生關係。

有一回，在月影溪畔的岩盤上，一名赤裸的少女告訴我：「你讓女孩子開心的方式與你哥哥一模一樣。」我不知道這是因爲雙胞胎的緣故，還是從鏡子幻影裡學到的技術。

實際上，在鏡之幻影中，也不是一直見到哥哥在做那事。大多數時間，他是在進行訓練、在書桌前寫字，或是在休息。我開始思考，或許這個幻影其實是此刻哥哥的眞實投影。數萬里外，訓練艦上伊東眞司的樣貌，呈現在窗上。

當時我一直以爲，我得以從窗的這邊窺探，而對面的人則無法見到我。直到哥哥出征後的一個月，發生了另一件不可思議的事。

那是個颱風侵襲的夜，我在夜裡被樹木倒塌的聲音驚醒，想起海上的哥哥，不知道遠方的海面是否也狂風暴雨。我打開窗簾，再一次看見哥哥與那位銀白頭髮的女子在床上。哥哥面朝下趴著，那位女子望著天花板，望著我。

起初我還不確定是不是眞的眼睛對上了，或者只是巧合。直到那位女子伸出了食指，示意我靠近。而當我走到窗戶前方時，女子將右手的中指及無名指放在胸前，直直地看著我，又再次向我招手。

「難道這位女子也知道我和哥哥的祕密？知道手勢以及無力狀態下可以達到的狀態？」自從哥哥離開後，我再也沒有使用過這項技術，主要是覺得這項技術有很大的風險，萬一傳送失敗了怎麼辦？也不清楚這項技術是否有什麼代價，我擔心好不容易漸漸恢復的肌力，會不會又因此失去力量了呢？一切都埋藏在迷霧之中，直覺告訴我，少碰爲妙。

但眼前這位女子，或者女子的幻影，眼神裡有著難以拒絕的執著，以及如雨霧一般的迷濛神祕。我吞了口口水，鼓起勇氣，還是決定前往幻影中的位置。

我將幻影的畫面記在腦中，然後做出了手勢。一陣天旋地轉後，我來到了幻影中的位置，哥哥所在的「香取級」訓練巡洋艦上。

眼睛一睜開後，那名女子便輕聲下了床，一根手指抵著嘴唇，要我別出聲。我點點頭，感覺自己太久沒使用過此項技術，頭腦暈暈脹脹的。哥哥在一旁沉沉地睡著了。

女子裸身下了床，她腳步輕盈，如同一隻溫柔的鹿，輕輕地拾起了散落地上的衣物。

我看見她精瘦的身體以及雪白的乳房，害臊地別過頭去，聽見身後衣物與皮膚摩擦的聲響。

女子帶我安靜地離開哥哥的臥室，穿越艦艇上空蕩的走廊，空氣裡瀰漫著柴油與海的腥味，最終來到另一個房間。這間房裡放滿了被白布蓋起的畫作，地上有許多木屑，看起來一旁也有製作木版畫的工具，空氣中有顏料的刺鼻味。房間被唯一的一扇窗點亮，外頭的海面平靜，無風無浪，星圖繁麗。

「晚安，伊東眞承。」女子闔上門。「我們應該不是第一次見面了，你在那頭看得挺入迷的。」她小聲地說。

還好光線不亮，不然這位女子一定會見到我滿臉通紅，原來她早就知道我透過鏡之幻影窺視著哥哥與她。「妳是誰？找我來的目的是什麼？」我試圖保持冷靜問。

「我是川瀨靜子，是這次刺殺行動的側寫師，負責作畫，讓士兵透過畫作，前往敵方要害，完成任務。」靜子迅速說明，應該是被問過很多次了。

「我就知道哥哥一定是想要利用這項技術做無意義的事。」我說。

「並不是無意義的喔，伊東眞承，這次行動的眞正目的並不是要在戰爭中取得勝利。有更長遠、更高貴的寓意。」

「我不想和妳爭執，但如果妳要我來，是想要我來幫忙做殺人的髒活，我沒興趣。」

「如果告訴你，是要救你哥哥呢？」

「我哥？」

「是的，此時此刻，在這艘軍艦上，有間諜正密謀要傷害伊東眞司，但礙於身分的關係，我們無法直接處理這人。」

「我哥在出征那日，就已經下定決心要犧牲了，早已將生死看清。」

「那你為什麼還一直掛念著他呢？伊東眞承，你知道，從窗子看見的，是你心裡最思念的人吧？」

「思念著他，與他將來會不會死，並不衝突。」

「那你認為伊東眞司想要怎麼犧牲呢？在還未上戰場時就莫名死去？」

川瀨靜子說完這句話後，我陷入短暫的沉默，並不是因此就被她說服，而是自己沒有認眞想過，哥哥會怎麼死。離開白神村的那日，我就知道那是一趟有去無回的遠行，心裡可能一直把那個揮著手與我們道別的他，當作他道別世界的樣子了。當然知道哥哥最後可能是被子彈打死、被砲彈炸死或是被捉起後逼供致死，但這些都太過殘忍且醜陋。我還是想保留印象中，他爽朗健壯的樣貌。

我曾見過哥哥瀕死的樣貌，在月影溪源頭，白神村的深山裡。哥哥也告訴過我，那日他眞的死了，卻又莫名其妙地，從另一個世界被拉了回來。他認爲這是神明賜給他的禮物，上天認爲他歲數未到，賦予了他第二次的人生，有其崇高且特殊的意義。

「我知道我哥有他的想法，但我並不認同這樣的行爲。」

靜子伸了個懶腰，然後用手托著下巴：「你們兄弟倆，都很倔強呢，這點是一樣的。」

「我和我哥哥不一樣，我並不認同戰爭。」

「你哥哥是認同戰爭的嗎？」

「他整天在那裡扮軍官的家家酒，就是喜歡出風頭嘛，讓大家都以爲他有多厲害。事實上夜裡還得去找女孩子上床，尋求安慰，可笑極了。最後都是一場空。」

「伊東眞承，你每天從窗子裡看到的，眞的是這樣嗎？你覺得你哥哥不努力嗎？是在扮家家酒？他聽了這些話，會有多難受？」靜子沒有生氣，但她的話，確實刺中我心裡某個脆弱的地方。

時間就像是凝結一般。我感覺自己某種程度上，將失去親人的不捨，轉換成恨與厭倦，以爲這些可以沖刷掉那破碎不完整的記憶，但這終究還是在逃避。靜子說得對，哥哥並不是在玩、在作秀，而是帶著痛苦與覺悟，努力地在實踐他的理想。即便有些脆弱與不堪的時刻，但這都是哥哥身爲人的一部分。

「你哥哥，也不是喜愛戰爭的人，他也是盡力想要結束這一切。」靜子說道。

哥哥眞的長大了，而我才是那個嫉妒又孤單的少年。但我不想承認自己的無助，在他人面前，我有義務維護伊東氏的尊嚴，不能輕易展現懦弱、膽怯的一面。

另一方面，也許此刻，哥哥眞需要我的幫忙。我決定先探探這位女子的意圖。

「好的，川瀨靜子，請妳告訴我，如果我讓我哥躲過這次的劫煞，妳能保證他可以順利完成任務嗎？」我清了清喉嚨，雙手抱胸。

「我會盡全力幫助他，你也可以透過窗子來監督我不是嗎？」靜子回應。

我看著靜子的臉，突然沒由來地想起了母親。可能是長期待在父親經營的紙廠以及白神村，受到所有人尊敬與呵護，養成了我不可一世的自傲。太久沒有被人說教了，剛開始還是非常抗拒，且帶刺。母親長什麼樣其實我已經不記得了，在非常年幼之時，母親離開人世，如今努力回想只記得她纖細潔白的手，輕輕地梳過頭髮，那是溫柔的感覺，被愛著的感覺。

川瀨靜子也散發著那樣的光暈。也許這就是爲何哥哥如此重視這位女子吧？

「你想要我怎麼幫助妳？」

「透過畫作與夢，然後完成刺殺間諜一事。」靜子從身後的畫架上取下一幅畫，上面仍蓋著白布。

「具體是？」我接過畫作，並準備打開白布，這時才發現布被細細的線縫了起來。

「先不要拆開畫作，眞承。畫作暴露的次數愈少，成功率愈高。接下來請你先做一件事，請你開始禁慾，自慰也不行。」

「莫名其妙，這……有什麼意義嗎？」

「這是純化夢境的方式，必須由你自己來執行，隨著禁慾的時間拉得愈長，你的夢境會更加清晰且純粹。接著，你會知道需要刺殺的對象，以及時間。」

「聽起來……非常怪異，但如果非要如此，我可以試試。所以在這座船上的某個地方，也會掛著同樣的畫作嗎？」

「是的，會有一幅相同的畫，我會在這段時間放出消息，讓對象自己前往該地，到時候，再由你執行。」靜子從一個裝顏料的木箱中，拿出一把手槍。

「夢境的意義呢？」

「人是自由的，大多人如此相信。伊東眞承，我沒有辦法控制這人什麼時候出現在那處。我必須讓他有自行決定的錯覺，讓他以爲擁有掌控權。」川瀨靜子蹺著腳，雙腳懸空坐在高凳上，她撥了一下銀白的秀髮，淺淺地笑著。「你將會透過多次的夢境，看見間諜的行動，慢慢你應該會抓到他的某些習慣、常出沒的場所。在你認爲合適的時刻，透過有幻影的窗子向我告知，我會將畫放在他預計會出現的地方，利於你進行刺殺。你只需要開槍就行了，後續我會幫你處理。」

靜子說明過程時讓我心生一股微微的不安感，可能是太理性了，把殺掉一個人講得像是蓋房子一樣，有明確的步驟，清楚的目標。

我感受著手槍在掌上的重量、金屬的冷，那是他人的生命被我捏在手心的感覺。我感到一股噁心，心底深處有一股難以抹去的悲哀。

「非由我來執行嗎？」我把槍放到一旁的桌上。

「伊東眞承，你覺得這位想要傷害你哥哥的，是什麼人？」靜子的目光移到了窗外。

「是敵國的間諜嗎？」

「如果是這樣，我直接揭發他就好了。這個人沒那麼簡單，是很危險的人。他成功贏得你哥哥完全的信任了。這件事，必須由軍艦以外的人來執行。」靜子安靜地說。

房間慢慢亮了起來，應該是天明前的時刻，清晨的微光點亮了艙室內的塵埃。我思考著接下來要做的事，禁慾、作夢、看畫、殺人。若眞的是爲了拯救哥哥，這些事，我願意做。彼此照料，就像他當年在風雪中，背我上山一樣。

「最後一個問題。」我問。

「請說。」

「川瀨靜子，我爲何要相信你？」我這麼問，並不是要挑戰她。老實說，對她有幾分虧欠，因爲如果她也要跟隨著哥哥，繼續待在這艘艦艇上，將無法躲避戰火的無情。但另一方面，又覺得這位女子似乎還有許多未展露的祕密。

「因爲我是側寫師，我的任務就是透過窺視未來，來改變現在。我只能跟你說，你哥哥要執行的任務，是能夠改變未來世界的『支點』，也會改變你的人生，伊東眞承。」清晨柔和的光粒穿過靜子銀白的髮絲，猶如瀑布的水霧。

「我的人生。」

「請相信我，眞承，你比你自己想像的，還要有能力。你可以繼續幫助更多人，有一天你會明白的。」川瀨靜子燦爛地笑著，從那笑容中，我彷彿能看見這場戰役盡頭的光。

我帶著畫與槍，回到了白神村的房間。

接下來的日子裡，我確實執行靜子囑咐我的任務。每天依然規律地鍛練身體，也在可行的範圍內練習打靶。大約在禁慾的第二個禮拜，夢境眞的如她所說地出現。每晚的夢裡，我一次又一次地見到一位士兵在深夜的甲板上，與其餘隊員一一見面，彷彿在密謀著什麼。唯一困擾的，是我見不到這些人的長相，只能聽見那些模糊的影子在說什麼。有時候海風很大，也聽不太清楚。

我大致理解，有一位士兵到處打聽是否有人願意與他同夥，前去找「小隊長」——也就是哥哥，伊東眞司。之後的幾個晚上，即便沒人出現，他都會一個人坐在甲板上，逃生小艇後的視線死角，靜靜地等待著。

確定此人就是反叛分子的關鍵，是他床板夾層裡的槍。這人利用訓練的空檔，在房裡保養槍枝，確認是隨時可擊發的狀態。接著，我透過窗裡的幻影，將地點「軍艦左後方的逃生艇旁」寫在一張紙上，正在與哥哥開會的靜子點了點頭，表示明白了。

一切就緒，我算好了那人會出現在甲板的時間，準備再一次，傳送到軍艦上。

那一夜，我打開了包裹畫作的白布，將畫作解封見光。

這是一張浮世繪風格的木版畫，描繪的是鎌倉時代著名的「曾我兄弟復仇事件」，兄弟「曾我祐成」與「曾我時致」替父報仇，用仇敵贈與的短刃，成功刺殺的故事。這個故事，我從小就聽過無數次了，也看過了不同繪者的詮釋。靜子小姐呈現的版本，繪著哥哥「祐成」背著弟弟「時致」，弟弟手持短刃，從哥哥的背上躍起，即將刺殺仇敵的一瞬。

靜子的這張畫，將風和細雨轉化為速度感的線條，利用短而俐落的筆觸，展現張力。弟弟帶有殺意的炙熱眼神、哥哥仰頭時期盼的神韻、敵人挫敗的驚愕，化成一股豐滿的力道，湧向觀畫者的心。我彷彿能看見靜子發力刻著木版畫的背影。

川瀨靜子無疑是一位優異的畫家，具有奇妙力量的側寫師，能讓看畫者，將畫面深深烙印在腦海裡。

右手中指及無名指輕點心窩，閉上眼睛，曾我時致飛躍的姿態浮現在腦海。我將手槍上膛，準備行動。

睜開眼，發現自己位於逃生艇的內側，海風拍打著頭頂上方的帆布。環境很暗，只能依稀看見前方的船底有一張曾我兄弟的木版畫。我盡可能不發出聲音地在船內搜索，指尖觸碰到一硬物，拾起放在眼前，才發現是一把鋒利的短刃。

如果這幾週的夢境無誤，此刻這名刺殺對象應該是坐在逃生艇後方的死角處。當我切開帆布，探出身體的時候，確實看見了那名士兵，背對著我，倚靠在逃生艇的船身。

我決定不用手槍，而是用短刃刺向反叛者的喉嚨。

那名士兵沒有發現我，他的眼神，緊緊地盯著手中的一張照片。在那躍起的短瞬間，似乎看到照片是一張黑白的全家福照，背景是某個造船廠，相片中的父親抱著女兒，一旁站著母親。母親與女兒的頭髮都是雪白的。

我摀住了士兵的嘴，將利刃送入他的身體。

完成刺殺後的幾天，我常常想起與父親、哥哥去京都宇治川觀賞鵜飼的夜晚。當籠火點亮，魚群湧動，我與哥哥的臉也一同亮了起來。那時，我們可以無憂的笑，沒有疾病、沒有戰爭、沒有必須完成的刺殺。無力的怪病，不久後降臨在我身上，我一直覺得，自己就是脖子上被纏上細線的鸕鷀；爾後喝下了泉水，細線被斬斷。而直到將刀子刺入另一人的身體，我才明白，自己其實是擦亮晚空的鵜飼漁人。

「你比你自己想像的，還要有能力。」川瀨靜子的話，將會如詛咒，如影子般一輩子跟隨著我。

那是我最後一次登上軍艦，回到白神村後，我不再觀看鏡中的幻影，把窗簾拉上，因爲不願見到哥哥最後的模樣。

我將那幅川瀨靜子繪製的增我兄弟木版畫掛在哥哥的房裡，之後當思念他的時候，便看畫，想著我們兄弟上白神山的那日。

在戰爭即將結束的日子，我又回到月影溪畔，與女孩子約會、釣魚。

一日清晨，有一張熟悉的面孔從溪的上游，沿著河畔，踉蹌來到我垂釣的巨石下方。

有那麼一刻，我以爲河畔那遙遠的身影是哥哥伊東真司，心裡產生無限波紋，思念與苦痛交織著。也許，哥哥最終回心轉意了，明白這是一場無謂的犧牲；也許，川瀨靜子小姐保住了哥哥的性命；也許，哥哥也想起我，決定回來我的身邊。

直到看清佐野健治的臉，我才明白那終究是奢望。我整理了情緒，不露出悲傷的樣貌。

「伊東眞承少爺，我回來了。」健治有氣無力地說。

「我哥哥讓你回來的？」我沒看他的臉，眼睛盯著河面。清晨的薄薄的霧氣浮在溪水上，林子間鳥鳴不斷。

「對不起少爺，應該是我要犧牲的……」健治突然跪坐在地，一身軍裝沾滿了泥巴，步槍也掉在地上，看上去十分狼狽。他嚎啕大哭，哭到鼻涕與眼淚全混在一起。

我從石子躍下，拾起了步槍，將健治攙扶站起。「川瀨靜子讓你看了什麼？」我問。

「少爺怎麼會認識川瀨靜子……她……給我看了一張畫，畫上面有一尊石佛像，做著這樣的手勢。我以爲……」

「你以爲那是敵方前線的標的，殊不知那是月影溪上游的石像。」

「是的，出征的前一日，小隊長伊東眞司對我說：『七號，明天就換你執行任務了——』」

「七號，明天就換你執行任務了。」伊東眞司穿著墨綠色的雨衣，在軍艦的甲板上對我說。他的背後，是下著細雨的灰色太平洋。

我是在小隊長之前，最後一名的刺殺隊員。在我之前，已送走多位英雄，歷史將永遠記得這些靈魂的犧牲。我在日記上，寫下這些。

出征那日，我的心，已鍛鍊得如磐石般堅硬，沒有恐懼，只有爲達成任務的明確信念。

「七號，出列！」風勢很強勁，雲影流動，海面上有著明與暗的斑塊。

「是！」我大步向前，向小隊長行禮。

「宣讀軍令。」伊東眞司賦予我任務，告知我須潛入敵方陣營，刺殺密室內的敵國司令。接著交給我子彈五發、手雷一枚、三八式步槍一把與刺刀一把。

我望著在風中飄揚的旭日旗，將子彈送入彈匣。一旁的醫療人員準備好針劑，川瀨靜子手持卷軸，在一旁待命。

這時伊東眞司走到我面前，拍了拍我的肩膀。「交給你。」他把兩封信交託在我手中。「透過『隱玉』到了前方後，請將這兩封信交給你第一個見到的人。」

藥劑注射。

靜子展開卷軸。

「預祝你武運昌隆！」小隊長伊東眞司喊聲。

「武運昌隆！」只有我一人出聲，但我彷彿聽見身旁有另外六位士兵也齊聲吶喊。

健治將那兩封信交給我。

「戰爭快要結束了，健治。」我搭著他的肩，將信收進口袋裡，不想現在打開，因爲我知道看到哥哥的字，我的眼淚會忍不住。

「小隊長伊東眞司會成功的，他一定會扭轉戰局！少爺，我相信他。」佐野健治說道。「我做過前線的夢，靜子小姐會將我的夢境繪製出來，讓伊東眞司順利完成任務。」他補充。

「戰爭必定會結束，且會伴隨著許多的無奈與痛苦。我相信眞司一定會把結局帶往另一個稍微好些的方向。」閉起眼，聽著月影溪流過的聲音，感覺一股清冷的流輕輕拂過心底。

健治像被剪掉絲線的人偶，再次癱坐在地，他雙眼無神，全身散發著疲憊與無奈。我深深地了解到，眼前這人活著的目標與賦予的價值，被無情地奪走了。戰爭居然可以把人逼成這副模樣。

「辛苦了，健治，你看起來很疲憊。」

「少爺，我現在不覺得累。應該說，我什麼都感覺不到了。」佐野健治看著自己的手掌，抓握著空氣。

「讓你回家或是讓你出征都是困難的決定，希望你不要怨恨眞司。」

「我的榮譽被丟棄了，大家會以爲我是逃避的懦夫，忘記我們刺殺小隊的犧牲與努力。」

「那你會忘記嗎？」

「怎麼可能！我把他們的故事都記下來了！」佐野健治慌張地從軍服內裡中取出散亂的紙張，上面密密麻麻地寫著字。

「你是唯一從另一邊回來的人啊，你務必好好收藏這段記憶，珍惜這段日子的一切。」

健治的眼淚滴在那些日記的文字上，他迅速地把上頭的淚水擦乾，以免墨水暈染。

「接下來，我們要去哪？少爺。」健治抬頭問。

「接下來嗎？我們可能要暫時離開這裡了，離開白神村。但有朝一日我們會回來的，我非常確定。」在一旁的釣竿激烈抖動，有魚上鉤了。

「回來嗎？但到時候，這裡也許什麼都沒有了。」健治說。

我把魚拉上岸，扔進一旁的魚簍中，裡面有兩尾香魚，彼此追著對方的尾巴，繞著圈游著。

「這裡滿山的銀葉樹應該會活得比我們都長壽吧，月影溪、白神山，還有這塊土地上的祕密與力量仍會常在。」

「如果到時候這裡的房子都倒了，白神村都沒人住了呢？」

「發揮想像力呀，健治。你看——」我指著下游一處河灣。「你如果回來，就在那裡蓋一間旅店吧，讓所有懷念這裡的人都可以入住，好嗎？」

「包含那些被迫離開的人嗎？」

「嗯，我們都不會忘記。」我說。

我與健治靜靜地望著月影溪的對岸，想像這裡很久很久以後的樣子。

新的一天又開始了，溫柔的陽光從山頭灑下，兩人在溪畔的影子拉長。林子裡也有許多散亂的影子，他們在低聲說話，說著戰爭就要結束了，談論著對新時代開啓的期盼，傳唱著，無人知曉的故事與祕密。

月影

# 14 星池中，持續吐絲的春蠶

白神山的初冬來臨前，我病倒了。

這次的發作相當嚴重，我被緊急送下山進行治療。說起此次病程，起初只是個小感冒，過了幾天開始發燒、咳嗽，我便吃了一些成藥後繼續上班。直到一個禮拜後的晨會，與同仁交代任務時，突然感到有點吸不到氣。我撐著會議桌，語速放慢，試著讓自己冷靜下來。接著，意識開始恍惚，雙腳發軟，好像聽見自己後腦勺撞到什麼金屬的聲音，就這樣昏了過去。

後來聽同事轉述，暈倒當下谷口第一時間跳出來，背起我往外衝。方先生開著他的保時捷，帶我和谷口一路飆下山。與此同時，山下的救護車也沿著月影溪畔上山，在中途接力將我後送治療。

我住進了加護病房，診斷是重症肌無力危症。

因感染所引發的肌無力大發作，呼吸肌無力，差點需要插管治療。我醒來第一件事就是問醫師，還需要住院多久？醫師告訴我，現在正在進行緊急的血漿置換的治療，最少須住院一個禮拜。

醒來後的那天下午，一位護理師來到我的床邊。

「辦理住宿嗎？請問大名是『大美女蘇靜瑜』嗎？」她推著換藥車前來。

「Seliyap！」我驚呼，想要坐起來，卻使不上力。沒想到我居然被送到 Seliyap 工作的教學醫院。

「妳不要亂動啦，妳頭後面腫一大包。」Seliyap 要我老實躺好。

「我的工作制服呢？」我發現自己身上穿的是醫院的治療服。

「不要給我想工作的事喔，沒痊癒，我不會給妳出院單。」Seliyap 從病床下的平台拿了一包用塑膠袋裝著的衣物，放在我身上。

「方先生給我的信！不見了！」我摸了摸制服的口袋，發現平時收著的信件和剪報都不見了。我又再一次想爬起來查看。

「蘇靜瑜！妳可以關心一下自己嗎？妳被救護車送來的時候……我以爲妳會死掉……」Seliyap用力拍了換藥車一下，玻璃罐被震動得發出了聲響。

斗大淚水沿著Seliyap的臉頰流了下來，沾濕了護士服的前胸。

「對不起……」我看到自己手背上的點滴注射貼紙、床前寫著姓名的白板，以及手圈上，全都被畫上了滿滿的蘋果。蘋果是什麼意思？我問。

「平安。」Seliyap用袖子擦了擦淚水，一邊用針筒抽取藥罐裡的藥劑。

Seliyap說她平時其實不是顧ＩＣＵ的護理師，但因爲我的關係，她特別哀求醫院能讓她下來幫忙。我試著深吸氣，卻發現自己的肺臟好像被石頭壓著，使不上力，乾燥的氧氣持續透過面罩送往身體裡。

「Seliyap，你穿護士服好帥氣，看起來很厲害。」我發現自己嘴巴好乾，說話有氣無力的。

「謝謝喲。但這樣巴結我，還是不會提早放妳出院。」

我笑了出來，邊笑邊咳。Seliyap讓我半坐臥，以適當的力道拍著我的背。

「我昏迷了多久？」

「快三天。但其實是慢慢醒來的，只是可能沒有記憶。」Seliayp補充

我確實沒有這三天的記憶，自己怎麼來到這裡的，幾乎沒有印象。我只記得在這段空白的時間裡，自己的意識好像虛浮在廣漠的黑暗中，有好多人喊著我的名字，嘗試睜眼，但實在太累了，無法回應。

閉起眼睛思考，只記得晨會開到一半，自己倒下去了，接著發生了什麼事呢？腦袋鈍鈍的，有種意識與現實連結不起來的感覺。

傍晚六點半，會客時間，方先生和谷口來了。

「靜瑜好好養病，這邊的費用飯店會支付。」方先生還另外準備了一個大紅包要給我壓壓驚，我本想拒絕，但方先生說我不收的話他就直接匯款。

「方先生，我想跟你道歉，我的身體狀況，可能沒有和你們說明清楚，關於重症肌無力……」

方先生搖了搖頭，手搭在病床邊。「我們都知道，靜瑜。發病時的緊急應變措施也有

規劃，甚至還有一些常備的緊急用藥。」他補充，之所以沒有和我討論，是以爲我有什麼隱情，不願談起。看來之前月影集團會逼退身體不佳者的傳言，在這裡是不存在的。

「果然什麼事都瞞不過你們。」我苦笑。

「喲，靜瑜。」谷口一手插著口袋，對我揮了揮手。

「晚安谷口，抱歉讓你們操心了。」

「這個還給你，那天送你下山時掉出來的。」谷口從口袋拿出了信件與剪報。

「謝謝。」我試著不要讓自己因失而復得，顯得過度興奮。

「少裝了啦，她剛醒來發現信不見了，差點哭出來！」Seliyap 不知道什麼時候來到病房門口，側倚在門框上。

「靜瑜，你不在的這段時間，我跟飯店裡幾個很會爬山的夥伴一起去找月影溪的源頭。沿著溪旁的獵徑走了兩天，今天早上才從白神山上面下來。」

「爲什麼要去……」我一開始有些困惑，頓悟後脫口而出：「你看了信的內容了！」

谷口一定是看見信裡提到，要喝下月影溪源頭的泉水，才能完成「隱玉」，因而出發前去的。事實上，在谷口動身尋找泉水之前，我已經開始蒐集相關資訊。知道那段路不好走，本來計劃存夠資金後，聘請山青與嚮導帶路。沒想到谷口竟早我一步出發了。

「咦？不能看嗎？因爲一開始也不確定是誰的東西……」

方先生兩手一攤，笑道：「這樣谷口就要負責幫忙到底。谷口應是覺得靜瑜一個人太辛苦了吧。」

「在源頭看到什麼了嗎？」我問。

「沒辦法抵達，路到一半就坍掉了。我們試著繞路，月影溪應該從很久以前就改變過流向了，我不確定現在的源頭與當年的是不是同一個。登山的夥伴說，現在去白神山峰頂的路，只有熟悉這塊土地的原住民在走，大多是打獵或是需要維護山泉水管路的時候才會上去。」

「那問題就大了。」我沒想到問題會變得這麼複雜，即便恢復體力，想要透過「隱玉」與佩佩見面可能還是非常困難。

會客時間快結束了，離開前，方先生一手搭著谷口的肩，對我說：「你們兩個都還沒泡過月影溪谷飯店的溫泉吧？我們飯店的泉水有奇妙的治癒能力，也許對靜瑜的病會有幫助。」

兩天後，我從加護病房轉至一般病房，呼吸的狀況也漸有改善。僅僅是近一禮拜沒有下床，我發現肌肉就開始萎縮了。我在允許的範圍內，在床邊開始復健。

方先生給我的信，我看過一遍又一遍，試圖從有限的資訊中解讀出更多的涵意。但整體而言，還是必須回到飯店才有辦法進一步驗證。

在病房的最後幾天，Seliyap下班後都會待在一旁的陪病床上，幫助我復健、削蘋果給我吃。由於我的血管很細，靜脈針很難打上，Seliyap會跪在地上，讓我的手從床邊垂下，她仔細且有耐心地打。我很感謝這她這段時間的陪伴與照顧。

出院當天，方先生親自開著飯店的巴士來醫院接我。寫有「月影溪谷飯店」的接駁巴士停在大廳正門時，引發了一陣騷動，許多人都談論起這座新開幕的高級飯店。看來行銷方面非常成功。

「歡迎回來，恢復得不錯，靜瑜。」方先生穿著藍色燕尾服，依然頂著那頭銀白色的頭髮，在車門邊對我鞠躬。

「託您的福。」我對他微笑，知道方先生是飯店老闆後，這禮貌的互動，反而成了某種共有祕密的小默契。

平地氣溫已漸漸轉涼，不知道此刻山上是怎麼樣的感受。城市邊緣的山脈始終隱沒在雲霧之中。Seliyap站在一旁，囑咐我按時吃藥，有不舒服不能再勉強。

「感謝妳的照顧，這個給妳。」方先生拿出兩張住宿劵遞給Seliyap，「我們今年聖誕節有活動，妳直接打來飯店說是我的朋友，我們會爲妳安排房間。」

「好，我一定會去。」Seliyap爽朗地笑。

巴士緩緩駛離醫院，我從車窗看著Seliyap，當時她離開飯店的時候，也是從車窗望著我的吧？我看到她護士服上沾有病人血漬以及藥水的痕跡，長褲的膝蓋也髒髒的，腦海中又浮現了她跪在病床邊幫我打針的身影。

Seliyap告訴我她要努力讀書，考上專科護理師。這段住院的時間裡，她下班後就會盤腿坐在陪病床上，戴著耳機，聚精會神地讀書。

我看著她在巴士外對我揮手的樣子，感到一股敬佩與驕傲。不知道當時Seliyap看著我穿著飯店制服，是否也這樣想？

怕我冷，方先生給了我一條毛毯，我用它把身體嚴實地裹了起來，發現毛毯本身竟是熱的。

「我開來的路上，把毯子墊在屁股下面。」方先生如此回應我的疑惑。

「咦？」我偷偷聞了一下毯子。

「開玩笑的，靜瑜，有保暖箱，裡面我放了一些暖暖包。」方先生拍了拍隔壁椅子上的一個小箱子，說有需要的話裡面還有。

巴士穿越了市區，走進鄉間，來到白神山的山腳。方先生下車來到哨口，打了電話上山，接著拿出金色鑰匙打開鐵門。

車窗外，空氣裡是苔蘚、溪水、雨的味道。此刻包裹在溫暖的毛毯裡，感到無比的幸福，這些味道都是熟悉的，歡迎我的。來到月影溪谷旅店大概四個月了，從一開始的陌生與緊張，到現在漸漸能夠獨當一面。我喜歡這間飯店，喜歡裡面的人，喜歡木質氛圍的暖意，喜歡從窗子看見滿山的銀葉樹以及山脈的輪廓。

現在好想要坐在大廳的紅色絨布沙發上，傍著一旁的古銅色火爐煙囪，喝一杯加滿棉花糖的熱巧克力。

熟悉的音樂響起，是史麥塔納的〈莫爾道河〉，一股輕盈的舒暢感從音響流瀉而出，搭配著窗外林子後方若隱若現的溪流，眞的是很棒的迎賓曲。

方先生一邊熟稔的駕駛巴士，一邊用手指頭在方向盤上打著拍子。從來沒有見過像方先生這樣的飯店老闆，不財大氣粗，也不吝嗇。我甚至覺得，他把飯店蓋在這裡，真的只是祖父傳承下來的祈願，以及對於這片山林的依戀。

「靜瑜是不是覺得我是很怪的老闆？」方先生彷彿能讀出我的心思，如此問道。

「怎麼怪？請方先生說明一下。」我笑著問。

「比方說，我贊成職場戀愛。」巴士越過小橋，下方有湍急冷冽的月影溪支流。

「這……」我頓時無語。

「每天上班的時候，都有一張想見到的臉，應該會很期待上班吧。」

「我從來沒這麼想過。」

「而且爲了吸引對方注意，上班還會格外努力，尋求表現。」

「團隊裡如果有人在談戀愛，我想我會非常困擾。」我嘆了口氣。

「靜瑜都沒有這樣想過嗎？那個谷口呢？他好像很欣賞妳。」巴士駛入一團濃霧，方先生打開了霧燈，冷光線射進混沌的白。

「谷口是我的下屬，我跟他談戀愛會權力不對等吧？」

「但谷口確實是個好孩子。」方先生說道。

海拔持續攀升，出了雲霧帶，我才發現外頭正下著小雨。巴士經過有販賣機的碎石小空地，販賣機前面站了幾個人。我一眼就看出那個穿著雨衣的高大身影。

「谷口！」方先生搖下窗子說道。

「方先生。靜瑜回來了！太好了！」谷口靠近車窗，看見了我。

「下雨了呢。」方先生看了一眼天空。

「對，有遊客的錢被販賣機吃掉了，我下來處理一下。」谷口指著後面一對撐著傘的年輕情侶。

「先上車吧，再退錢給他們就好，雨要變大了。」聽著外頭悶悶的雷鳴和空氣中濃郁的雨息，我也有一樣的預感。

谷口脫下雨衣，跟在年輕夫婦後方上了車。方先生把熱毯子分了出去，一人一條。谷口一屁股坐到我的身旁，我聞到他身上泥土與汗水的味道。

「靜瑜，妳的臉怎麼那麼紅？是不是又發燒了？」谷口的大手壓在我的額頭上。

「我沒事，謝謝關心。」

「天氣太冷啦，你們等等都去泡一下溫泉吧？谷口和靜瑜都沒泡過吧？那泉質是我特別請人家從白神山的源頭……」方先生話說到一半就停了，但大家都在忙著用毛毯包裹身體，沒人注意到。

「員工是不是有特定的泡湯時段？」谷口問。

「是的，在凌晨一點到隔天早上六點是清理和員工使用的時間。」

「我會找時間去的。」谷口說。

「谷口，位子那麼多，你去後面坐，這裡太擠了。」然而我話一說完，車子就到飯店門口了。

雨果然變大了，站在高層的窗戶邊，可以看見一波一波的雨幕刷過森林。飯店全館開啓了暖氣，窗子上凝結水氣。

經理讓我先靜養三天，我欣然接受了，換上與一般貴賓相同的浴衣及羽織，在大廳的角落靜靜地喝著熱可可。好多同事前來關心，我都微笑著回應說，等我回來上工，他們的好日子就要結束了。

看著火爐中跳躍的火焰，我竟不小心睡著了。很沉的睡眠，就像是父親葬禮後的那個下午，在重劃區中的漫畫店包廂裡，沒有夢，乾淨得像一張白紙的睡眠。

醒來時，牆上古鐘的時針剛剛繞過凌晨三點。驚覺已經那麼晚了，想趕快站起，回宿舍睡覺，身上的毯子滑了下來。

雨已經完全停歇，大廳熄燈了，晚空僅有一層薄雲，優雅的月光從天頂的窗透入。我轉身，看見谷口趴在一旁的桌子上，手中還拿著公務用的對講機。

「谷口，起來了，在這裡睡覺被客人看到不適合喔。」我拍了拍谷口的肩。

「嗯？」谷口睡眼惺忪地回應。

「你一直在這裡嗎？」我問。

「妳下午看起來好像要發燒了，我擔心妳又像上次發作，所以下班後就在這裡等著。」

有時候覺得谷口像是一個大男孩，一頭意外闖進村莊裡的大熊。但有時又被他的細心與溫柔感染，如同此刻。

「你洗澡了沒？」我問。

「還沒有。」

「知道爲什麼剛剛在巴士上叫你往旁邊坐嗎？因爲你太臭了。走，我們去泡溫泉。」現在是溫泉開放給員工的時刻。

不知道谷口有沒有聽出我小小的謊言，但他沒多說什麼，就跟平時一樣。我們從東館搭著纜車到西館，再轉乘電梯上了頂樓。溫泉入口紙拉門上的告示寫著：「清潔中，僅供工作人員進入。」

進去之後，我們才發現這段時間，並沒有分女湯、男湯，全是混浴自由進出的狀態。我們決定一前一後進去，待前一人洗完澡入池後，另一人再進場，避免尷尬。猜拳過後，我先行入場，後來也慶幸是這個結果，不然谷口可以在池子裡看著我洗澡。

無邊際的溫泉讓人很驚豔，雨後晴朗的夜空下，泉水彷彿延伸至遠山，與繁星連結在一塊，有一種浸泡在星空裡的錯覺。沐浴後，我跳進溫泉中，感覺全身的細胞都翻新然後復甦了。我將自己埋進池裡，只露出一顆頭，移動到背對沐浴區、正對著群山的一顆大石後面。

「可以進來了。」我對著後面喊。

河谷吹來的風是寒冷的，溫泉上的霧氣被快速帶走；然而新的泉水持續注入，讓水池始終保持著舒適的溫度。泉水無味，特殊的礦物質，讓泉質呈現混濁的淡藍色。溫泉被幾盞橙黃色的紙燈點亮，池邊栽植著低垂輕觸水面的紅楓，是一個愜意讓人放鬆的環境。

後方傳來水龍頭關緊的聲音、腳步聲、水聲。從石頭的另一頭送來微小的浪。

我知道谷口現在正隔著這顆石頭，和我一樣，裸著身子，被山中的溫泉療癒著。

「我們早該來這裡了。」谷口說。

「是啊，我都不知道這裡的溫泉那麼舒服。」

「而且還蓋在頂樓，風景很美。星星好多。」谷口說。

我也抬頭，靜靜地看著滿天的星斗。隔著石頭，我好像仍能感覺到谷口的心跳隨著漣漪，輕輕地傳遞過來。

泡完澡後，我們一起到榻榻米休息區，兩人的臉上都泛著紅暈。飯店還提供山泉水，谷口插著腰像喝生啤酒一樣地豪飲。

「靜瑜你快來看。」喝到第二杯時，谷口突然說道。

我放下吹風機走了過來，發現飲水機旁有一面小立牌，上方寫道：

月影溪雪溶山泉：本泉質源自月影溪上游之早春雪溶伏流，經多層岩脈自然過濾，水質甘甜純淨，歡迎自取。

「難怪方先生要我們來泡溫泉，就是因爲這個啊。」谷口說道。

「這樣是不是就湊齊了，『隱玉』的要件？」我趕緊跑回更衣區，從衣服口袋裡拿出當年伊東眞司寫的信。

「泉水、手勢、透過畫面的默想、肌無力……對，靜瑜，你可以去尋找你妹妹了。」

「終於走到了這一步。」我感到不可思議，但同時也有一絲憂慮，這百年前的技術，至今仍是可行的嗎？

「就這樣找到了，那我的山不是白爬了嗎？」谷口笑道。

「辛苦你了，泉源找到了，要喝多少就喝多少，請自便。」我彎腰指了指飲水機。

「果然還是要靠現代科技呢，以前的人都要冒險上山。」

「確實是這樣。」

「靜瑜，你想好和妹妹見面時要說什麼嗎？」谷口看著我，表情凝重了起來。

「這種事情，還是要見到面才會知道吧。」老實說，這樣的劇情在我的腦海中上演過無數次，在發現有與佩佩重逢的希望時，我便開始思考。這麼長的時間佩佩都不願見面，也許有著什麼難以啓齒的苦衷；又或者是，她早已放棄了我這個姊姊。但無論如何，一切的謎團，只有見面當下才有可能化解。

「要好好珍惜，你很幸運，有重逢的機會。」谷口淺淺地微笑。

當天清晨，我們再一次走進403房，站在那面窗子前。窗外的山林即將破曉，光尚未照進的林子，仍是沉默的黑。以其爲背景，是一面如鏡之窗，窗子裡少女仍沉睡著。

我喝下了用水瓶裝來的泉水，將右手的中指與無名指緩慢地服貼在心窩處。

發動隱玉之前，我想到的是此刻的我，和尚未入職月影溪谷飯店的自己有什麼不同。

或許，唯一不同的是，我的內心慢慢變得柔軟。這份柔軟，如絲綢一般，平時很舒服，但拉扯起來卻充滿韌性。起初還只是如春蠶吐絲，纖細的絲線，但隨著自己來到了月影溪谷飯店，遇見了善良的人，經歷了各式各樣的事，慢慢編織出屬於自己的力量。而我將帶著這份力量，前往佩佩所在的遠方。

天明之時，403號房裡只站著谷口一人。

飯店還沒醒，冬日透明的陽光照進房裡，古老的木地板上，一雙茶色的低跟鞋，靜靜地，遺留在那。

月影

# 15 雙門暗室裡的月光

妹妹佩佩一直是堅信聖誕老人存在的人，相信到會跟別人吵架的那種。

「眞的有喔，每次快到聖誕節，我就會聽到天空裡，有鈴鐺的聲音。」佩佩總會這麼說。她說，那是雪橇在雲裡面穿梭時的聲音。她說，只有相信的孩子會聽見鈴聲。

父母在離婚那年開始大吵架，但在那之前，他們稱職地辦演著聖誕老人的角色。會買禮物放在聖誕樹下，也會一起對妹妹撒謊。

「太晚了，妳在睡覺的時候來的。」父親說。

「還以爲遭小偷呢。」母親補充。

「你們為什麼不把我叫起來看？」妹妹問。

「因為妳真的睡太熟了。」我告訴她。

禮物在聖誕節前一個禮拜就會買好，藏在父母親房間的衣櫃裡，我一直都知道。然而離婚那年，爸媽沒有買，那陣子他們吵得更凶，警察來過好幾次，來到都彼此認識了。母親總會一個人在夜裡獨自離開，而父親則在廚房裡整夜喝酒。直到平安夜前一天，衣櫃依然是空的。

我試著打聽妹妹今年想要什麼禮物，她說她看上附近文具店裡的家家酒組合玩具，那是一組四隻的可愛兔子玩偶，爸爸兔、媽媽兔、姊姊兔、弟弟兔，每隻都有兩組衣服可以替換。我帶著所有的零用錢，下課後跑去文具店看，看了標價，又看了一眼自己的小錢包，發現中間存在難以跨越的金錢數字。

當下我做了一個決定，趁著四周無人的時候，偷偷將兔子家家酒組合放進書包裡，然後往門外跑去。

「妳要去哪裡？」被叫住的瞬間，心跳得好快，簡直就要哭出來了。不知道什麼時候，文具店老闆已經站在身後。是一位四十歲左右的叔叔，總是坐在櫃台後面看著報紙，這時才知道，他其實都有在留意店裡的動靜。

「對不起……」我小聲地說。

「拿了什麼東西？」叔叔的聲音沒有生氣。生氣時的說話方式，那陣子在家裡聽多了，他的口氣冷靜而溫和。

「我從來沒有……這是第一次。」雙手顫抖著，從包包裡拿出了兔子玩具。

「妹妹爲什麼要做這樣的事？妳看起來不像是會偷東西的小朋友呀。」他問。

眼淚掉了下來，我不斷搖頭，然後模糊地說道：「聖誕節……送給妹妹……」

文具店老闆嘆了口氣，說這次先原諒我。下次再犯，就要聯絡學校和家長了。我點了點頭，準備離開。

「小妹妹，妳忘記了這個。」文具店老闆在我身後說。

他把兔子玩具交給我。

「這是聖誕禮物。」他說。

聖誕老人不會送禮物給不乖的孩子，妹妹常說。我心想，沒關係的，只要不乖的不是妹妹，那就好了。

我一直不知道，當年文具店老闆的原諒究竟是幫助了我還是更深地讓我感到羞愧。多年後，每年聖誕節我還是會想起此事。

那年平安夜的晚上，母親再次離家出走。深夜，家裡沒有任何聲音的時候，我安靜地把玩具放在妹妹枕頭旁邊。

看著佩佩熟睡微笑的臉，我決定隔日早晨，要拍拍佩佩的肩膀，告訴她：「昨晚聖誕老人又來囉，帶來妳最喜歡的禮物，因為妳是最乖的小孩。」

「佩佩、佩佩。」我拍著她的肩。

透過隱玉，我來到了佩佩的身邊，一見到面，我就輕輕地呼喚著她。

這是一個類似醫院的地方，但沒有看到點滴或是頻繁進出的護理人員。房間裡有六張床，床上躺著的人，都沉沉地睡著。沒有一般醫院裡消毒液與藥劑的刺鼻味，取而代之的是精油、肥皂，以及人的味道。

佩佩沒有醒，鼻胃管插著，意識彷彿去了遠方旅行。此刻的佩佩，頭髮被剪得非常短，像小男生那樣，頭皮上還有類似手術留下的疤痕，身體有些浮腫，也許是因為長期臥床的關係，四肢非常非常的瘦。眼睛閉著，像是沉沉地睡著了一般。

「佩佩，是我，姊姊。」我喊得更大聲了，搖了她的身體，一旁的儀器發出了警示的聲音。

這間機構，暫時這麼稱呼吧，應該是位於非常市區的地方。我透過窗子聽見外頭有巴士入站的滴滴聲、汽機車綠燈起步的聲響、交通警察的哨聲。

「這樣叫是不會起來的。」旁邊一個聲音說道。

我抬頭，嚇了一跳，不知道什麼時候一位很瘦的女子來到身後。她穿著洗得有些褪色的深灰色毛衣，妝容高明典雅，一頭略帶灰白的短髮整齊地貼在耳後，手提著裝滿蔬菜的購物袋站在房間門口。這位女子，給我一種非常熟悉的感覺。

「長得好像啊，你們姊妹。」女子將袋子放到一旁的桌上，拿出手帕拭汗。

「抱歉，我們是不是見過面？」覺得她很眼熟，但一時間又想不起來。

「靜瑜，你不記得我了嗎？」女子將頭髮束了起來，側臉望著我，耳朵上的半月造型耳環閃耀著。

「月之河Motel。」我從記憶的抽屜中找出了答案。

「我們又見面了靜瑜。」

機構的會客室有整排的毛玻璃窗，早晨溫暖明亮的陽光灑入，空間裡的一切看起來都閃閃發光。擺放水果的玻璃盤、雨傘尾巴的水滴、書櫃的玻璃，全部都蒙上一層溫柔的光暈。

月之河的房務阿姨彷彿早就在等待我一樣，並沒有驚訝的神情，仔細一看，眼神裡有一絲如煙幕的迷濛憂愁。她帶我到會客室的角落，請我坐在靠窗的沙發上。

「這個還妳，靜瑜。」月之河阿姨將下弦月的項鍊放在我手中。

「原來在妳這！」那天從雙門暗室跌落森林後，項鍊就消失了。我一直以為是掉落在森林一角，沒想到竟以這樣的狀態重逢。

「這個東西太危險了，當時先幫妳保管，等度過重重關卡後再還妳。」她為我戴起了項鍊。

我低頭望著胸口的月，感到自己失散的碎片正一點一點地縫合、歸位。

「這會幫助妳未來隱玉的過程更順利。」

「之後還會需要使用隱玉嗎？」

「一定會用到的，只是時間問題，妳將透過隱玉幫助更多人。」月之河阿姨看著毛玻璃，側臉被細緻的柔光點亮。

「但這些，可以日後再談，我們先來處理眼前的問題吧。」她轉頭直視著我的眼睛，表情好像更嚴肅了一點。

「靜瑜，接下來我要說的話，可能會很殘忍，但請妳仔細聽。」

「是關於佩佩的嗎？」

「是的，當年妳的母親因燒炭造成一氧化碳中毒，不幸往生。而佩佩則還有一口氣，送到醫院急救，腦部緊急開刀治療，雖然最後撿回了一條命，但也變成現在妳所見的樣子。」

我慢慢將現實，與過去報紙上查到的資訊對在一起。

「從佩佩十二歲到現在，一直都是這樣的狀態。無意識地，躺在這裡。」

「那爲什麼，不讓我和妹妹見面？」

「這是你父親的決定，我們也無法得知他如此做的原因，也許是擔心妳承受痛苦，也可能是，沒有機會對妳開口。」

「怎麼可以這樣？你們不知道我很想念佩佩嗎？」我的眼淚幾乎要掉下來了，又生氣又難過。

「我很抱歉，但這些事，現在也無從確認了。妳父親過世後，月影集團的方先生就與我聯繫，將佩佩在機構的花費轉到他的名下。」

「方先生也知道佩佩在這？」

「是的靜瑜。然後他現在要把決定權轉交到妳的手裡。」

「決定什麼？」

「決定是不是要讓佩佩繼續活下去。」月之河的阿姨說道。

我想起無數次的夢裡，在那雙門的黑暗空間裡，呼喊著佩佩的名字。然後那小小微弱的聲音，一次次地說著對不起。我低頭看著自己的雙手，想像佩佩柔軟微濕的掌心，疊在上面。

「靜瑜，妳認爲『隱玉』的意義是什麼？」

「我不明白。」我明確地說。

「隱玉是能夠改變命運、極爲優秀的力量，在戰爭中曾經改變過一些事情。」

「當年的原子彈並沒有落在京都。」

「是的，但這其實只是表面上的結果；隱玉眞正可貴之處，是能夠讓你貼近心愛之人。」

「我找到了佩佩。」

「沒錯，靜瑜，這是方先生爲妳設下的考驗。如果妳的心，還緊緊地思念著佩佩，就能夠透過隱玉抵達此地。爲佩佩做最好的決定，因爲妳是世界上最了解她的人。」

「妳們要我，殺了我的妹妹嗎？」

「決定權在妳的手上，什麼是佩佩最想要的？」月之河阿姨平靜地說。

我們回到妹妹所在的房間，阿姨熟悉地準備臉盆、溫水、毛巾、沐浴露。我們拉起床簾，一起幫佩佩擦澡。脫下衣服後，發現妹妹也戴著那屬於她的上弦月項鍊。我抬起佩佩的手，那隻手完全沒有力量，放開後就垂了下去。好細好細，像是失去養分的枯枝。我們合力幫佩佩翻身，發現背部因爲長期躺臥，水分全淤積在背部的皮下，水腫蒼白。在臀部的上方，有大面積的褥瘡，阿姨熟練地替她換藥，傷口深可見骨，但在上藥的過程中，佩佩並沒有任何抵抗。

「對不起，我不知道狀況這麼糟。剛剛說話也許有些失態。」我向阿姨道歉。

「不必放心上靜瑜，妳的辛苦，我們都知道。」阿姨向我微笑。那笑容還是一樣美，我想起當年她端著生日蛋糕進到Motel房裡，燭光下她迷人的模樣。

「妳知道當年我和妹妹都怎麼稱呼妳的嗎？」

「不知道，妳們姊妹那麼調皮，一定是很奇怪的名字。」

「世界上最漂亮的人。」

阿姨笑了出來，揉著肚子笑。

「佩佩，我們是這麼說的吧？」我摸著佩佩刺刺的短髮，一邊笑著說道。

「那年妳母親帶她來入住，我看到佩佩好開心。太久沒看到妳們了。我每年都期待著妳們來慶生，很喜歡妳們這對姊妹花。但爲什麼只來了一個呢？我在買生日蛋糕的時候才想到，整晚睡不著，一直想打開送餐通道的門，偷偷進去看，但我沒辦法做到。直到隔天中午，才發現⋯⋯」阿姨笑著笑著流下了眼淚。

「我們現在都在這裡。謝謝妳這段時間對佩佩的照顧。」

「來拍照吧，靜瑜和佩佩，我們以前生日的時候也會一起照相。」

我們爲佩佩換上乾淨的衣服，我倆圍著她，一起合照。

「佩，很痛苦嗎？」我用手背輕拂著她的臉，而佩佩依舊沒有回應，平靜地呼吸，雙眼緊閉。

「不需要倉促決定，這是很愼重的事。」

「可以讓我睡在佩佩旁邊嗎，今晚？」

「當然沒有問題。」

我打了電話到飯店，告知今天會在山下過夜。不久後方先生來電，告訴我接下來會發生的事。如果決定讓佩佩繼續待在這，他仍會繼續支付機構的費用，這是他承諾過的，他會無償地，繼續給佩佩最好的支持與醫療照護；而若我選擇放手，他們會移除佩佩的鼻胃管，適當的止痛與症狀緩解，直到她安詳地離開。

「我相信妳靜瑜，透過隱玉來到佩佩身邊，妳們姊妹的心是相通的。我相信。」方先生說。

重逢那天，我與佩佩說了很多。悲傷的、快樂的、辛苦的，全部告訴她。告訴她那間可以看見紅色東芝招牌的宿舍、被高速公路一分爲二的大學生活、月影溪谷飯店，告訴她我最好的夥伴：Seliyap與谷口。

佩佩是最好的聆聽者，不帶批判地，靜靜的。陽光悄悄地漫步過佩佩的床單，照亮她精緻的側臉，所有的毛細孔都在發光，我相信光殼之下，妹妹的靈魂仍沉睡其中。入夜之後，我將兩張病床靠在一塊，握著佩佩的手，緊緊握著，就像害怕會失去一般，直到入睡都沒有放開。

那晚，我又再一次回到夢裡黑暗的雙門空間。通往房間的門未鎖，我輕輕推開，走進房裡。

年幼的佩佩坐在床邊，雙腳還搆不到地，在空氣中晃呀晃地。

「姊姊！」她見到我，小小的臉便亮了起來。

「佩佩，妳怎麼跑到這裡了？」我走到床邊，與她並肩坐著。

「我一直都在這啊。」

「在月之河Motel？這裡可不是小朋友該來的地方呢。」

「不是，」佩佩用頭蹭著我的肚子。「這裡是妳的內心呀。」

「妳一直都在？」

「嗯啊，姊姊妳不是也常常來看我？」

「被妳發現了。」我捏了捏佩佩肉肉的臉頰。

「姊姊妳穿的這件是什麼？好漂亮喔！」

我低頭一瞧，發現自己正穿著月影溪谷飯店的制服。仔細燙過的白襯衫、筆挺的西裝、茶色的低跟鞋，以及胸口閃耀的金色名牌：「月影溪谷飯店行政組長　蘇靜瑜」。

「這是飯店的制服。」

「妳現在是全台灣最大飯店的老闆了嗎？」佩佩露出驚訝的表情。

「還在努力呢。」

「姊姊的話，一定沒問題的。」佩佩抱住我。

我也抱著妹妹，就維持著這樣的姿勢好久好久。

月之河Motel裡有淡淡尼古丁的味道，房間是灰色的，窗子慢慢亮起，仔細一看是即將破曉的黎明之空。重劃區的街燈未滅，快速道路上的貨車壓過伸縮縫，雀啼聲在社區大樓間迴盪。

「是不是來跟我說再見的？」我問。

佩佩沒有回應，把頭埋得更深了，像是要鑽進我體內深處似的。

「會痛嗎？佩佩。」我小聲地問。

我感覺胸口濕濕的，在佩佩臉壓著的地方。她安靜地點了點頭。

「可是我會想念妳啊。」我的眼淚就要奪眶而出。

佩佩抬起了頭，將我的右手的中指與無名指，壓在心臟的位置。「我會在這，永遠。」

走回雙門暗道時，我再次回首，見到佩佩燦爛的笑容，十二歲的她，無病無痛的樣貌，用力地向我揮手。

那年佩佩被載走，從我自己的房間望著車窗裡的小小背影，錯失了好好道別的機會；這一次，我要大聲地呼喊她的名字，用盡力氣，說最完美的再見。

在機構裡醒來，側著臉望著窗外，臉上的淚痕未乾。

這邊的世界也是早晨，空氣寒冷，天空漸漸亮起了。我看見天邊那淡藍的月影仍持續懸掛著，像是不願被輕易遺忘的美麗印記。

而那握住佩佩的手，已輕輕鬆開了。

（全文完）

# 後記

這是一本在PM off（醫院值晚班後隔天下午休息）時寫的小說，我是一名住院醫師，同時也是一位小說家。在值班的隔天，打開筆電繼續寫小說。

身爲一名醫師，我想在這裡應該有點小小的義務來介紹一下「重症肌無力」（myasthenia gravis），本故事中靜瑜與伊東眞承罹患的疾病。重症肌無力是一種體內「受器」受損的自體免疫疾病，在肌肉神經突觸上的受器功能不佳，導致患者產生無力症狀。一個比較容易理解的比喻是：天線壞掉的收音機，播放出來的音樂因此不清楚。電台訊號是神經信息，收音機壞掉的天線是功能不佳的受器，而無力的症狀可以想像成不清楚的音樂。

實習期間，這類患者的故事，可以說是我所見過最奇妙的。他們故事的開頭千奇百怪，有些人感覺非常疲憊、有些人看不清楚以爲自己近視、有些人則是一直嗆咳。我有朋友本身就是肌無力患者，我希望這本作品不只探討疾病帶來的苦痛，更是聚焦在疾病開啓的「可能性」。

關於赤日線的背景，我在資料蒐集時找到了以下的史料：

在二次世界大戰的尾聲，一九四五年夏天，美軍共兩次在日本本土投下原子彈。當年在投放原子彈之前，美國軍方在洛斯阿拉莫斯（Los Alamos）設立了「目標選擇委員會」，而京都一度是首位的投放目標。然而爲何京都最終未遭戰火吞噬呢？其中一位關鍵的人物是亨利．史汀生（Henry L. Stimson）。時任戰爭部長的史汀生，將這段究竟要把致命武器投放到哪的艱難思辯過程，寫在他的日記中，目前存放於耶魯大學圖書館。日記裡寫到，一九二〇年，史汀生曾親自去過一趟京都，認爲那裡是文化、歷史與藝術的核心，摧毀京都將使美國往後再無與日本對話的可能。史汀生的主張被曼哈頓計劃的總指揮萊斯利．格羅夫斯將軍（Gen. Leslie Groves）強烈反對，格羅夫斯將軍希望以原子彈造成極大震撼，迅速逼迫日本投降，並對蘇聯展現美國軍力。

這角力的過程中，是什麼關鍵因素使杜魯門總統最後決定將京都從名單上去除的呢？有一種說法是，京都是神明庇佑的聖域，許多戰後的京都居民都認爲這是造就千年之都奇蹟背後的力量。這之中存在著對於「戰爭」與「美」的想像及隱喻，人的信念可能決定了戰火最終延燒的方向。

隱喻是迷人且危險的。

希望這本小說陪伴你度過一段特別的時光，不會讓你有浪費時間的感受。

「陪伴」與「浪費」都是不同程度上的隱喻。「陪伴」意味著閱讀是很親密、如同人與人相處的過程；而「浪費」隱喻著時間是寶貴的，如金錢、寶藏。

透過隱喻，人們將世間萬物賦予意義。在很多時候，我們的對話模式、思考邏輯都被包裹在隱喻的框架之下。

對我而言，這就是存在世間，如魔法般的東西。

小說家透過隱喻可以傳達意念與思想上的解放，開啓重新思考人與世界的連結，在美學上展演新的觀點。

然而隱喩落入錯誤的人手裡，可以操縱思想、顚覆政權，讓人們去相信被設計過的粗糙比喩。甘心樂意地，踏入火堆之中。

最重要的，是文學的核心，高雅精準的文字可以通往記憶中的那個完美夏日。換言之，透過隱喩/隱玉，無限靠近珍貴的回憶或是心愛之人。

這是「重要的東西」，請各位一定要好好珍惜。

二〇二三年的夏天，我在日本新青森車站的月台上，見到一位穿著整齊套裝，手提公事包的年輕女子。她站得非常挺直，沒有低頭滑手機，也沒有帶著耳機在說話，就是那樣盯著新幹線的軌道。

這位女子要去哪呢？爲何有如此強大的專注力與意念呢？身爲小說家的我，在心裡面誕生出這些疑問。我下意識聯想到住了幾天的星野奧入瀨溪流酒店，想像這名女子是裡面的員工，努力在大企業經營的飯店裡辛勤工作著。

從很久以前，我寫小說的方法，都是在心裡打開一個空間，讓角色住進來。透過漫長的互動與訪談，慢慢去了解這個人，去理解他的悲傷、無奈、夢想、思想、想像。而我在持續鍛鍊的，就是讓這個過程更加順暢，且讓這個空間擴大，或是房間增多，如同飯店一般。

靜瑜與佩佩、伊東兄弟、佐野健治、靜子。他們都有著自己獨立專屬的房間，我花了很長的時間去認識這些朋友，他們人都不壞，也許在當時的時空背景下被迫做出了一些決定，但他們都是善良溫柔的人，有空多來找他們喔！

我一直覺得，背著人走路是人類十分高貴的動作。以一人之體力，扛起另一人的全部。不論是兒時父母背著孩子、戰爭時扛起受傷的弟兄、出於善意幫助弱者，這之間存在著近乎完全的信任，且是可以透過肉眼可見的動作與力量，來表達這份情感。

在撰寫這部小說時，我經歷過好幾次的乏力，這樣的無助來自於不斷與未知、看不清的東西的戰鬥。我感覺自己一直在對抗著遠超過肉身能夠匹敵的事物，我能做的，就是拿出500％的自己，在醫院值班的夾縫、重病之下、靈感匱乏的黑暗中，一次又一次地站起。

創作本身是一件快樂的事，我相信讀者也都能看出作者自己到底有沒有完全喜愛這部作品；然而書寫與精修作品的路是孤獨且沉重的，沒辦法有人來背我走這一段，但我很感念一路上爲我大聲喝采的夥伴們。

感謝我的好隊友豆子，妳無條件的關心是我前進的動力。

感謝我的家人，是我最好的後盾。

感謝一同幫忙看稿的朋友，感謝作家陳二源、陳泓名、班與唐、古乃方，你們的建議非常有品質且有建設性，也預祝你們的作品都能大賣！

感謝漫畫家盧卡斯，繪製了如此震撼且美麗的封面，作爲一名小說家，我感到無比的幸福。

感謝遠流的夥伴，讓這本書能夠順利誕生。

感謝我的編輯蔡昀臻，在台灣的寫作圈裡，很少有如此積極參與討論，盡心盡力與作者一起雕琢文字的編輯。這本作品經歷過十幾次的改寫，大約四次的大改，編輯大大每一版都認眞看過，給予我大量的建議，眞的十分感謝。

最後，也感謝閱讀到這裡的讀者，你們是小說這項古典技藝中最關鍵的角色，希望你們喜歡這本小說，願我們繼續在文字裡相會。

二〇二五年七月三十日　台北

YLM 46

月影溪谷飯店

作　者／左耀元
主　編／蔡昀臻
封面繪圖設計／盧卡斯（Lucas Paixão）
美術編輯／丘銳致
行銷企劃／黃冠寧
校　對／吳美滿
總 編 輯／黃靜宜

發 行 人／王榮文
出版發行／遠流出版事業股份有限公司
地址：104005 台北市中山北路一段11號13樓
電話：（02）2571-0297
傳真：（02）2571-0197
郵政劃撥：0189456-1
著作權顧問／蕭雄淋律師
輸出印刷／中原造像股份有限公司
2025年9月1日 初版一刷
定價 380 元


Printed in Taiwan
ISBN 978-626-418-322-2
遠流博識網 http://www.ylib.com
E-mail: ylib@ylib.com

本作品獲財團法人國家文化藝術基金會創作補助

國家圖書館出版品預行編目(CIP)資料

月影溪谷飯店/左耀元著. -- 初版. -- 臺北市：
　遠流出版事業股份有限公司, 2025.09
　面；　公分. -- (綠蠹魚；YLM46)
ISBN 978-626-418-322-2(平裝)
863.57　　　　114005290